当代英美生态文学研究

赵春喜 著

中国纺织出版社有限公司

内 容 提 要

本书从英美生态文学的视角全面进行生态解读，介绍了文学发展的历史，文学家的主要创作经历，对热爱文学和喜欢文学创作的作者，有启示意义。本书可供高等院校英美文学专业学生参考，也可供英美文学教学工作人员参考阅读。

图书在版编目（CIP）数据

当代英美生态文学研究 / 赵春喜著 . -- 北京：中国纺织出版社有限公司，2019.11
ISBN 978-7-5180-6942-2

Ⅰ . ①当… Ⅱ . ①赵… Ⅲ . ①英国文学 - 现代文学 - 文学研究 ②文学研究 - 美国 - 现代 Ⅳ . ① I561.065 ② I712.065

中国版本图书馆 CIP 数据核字 (2019) 第 237371 号

责任编辑：王 慧　　责任校对：王蕙莹　　责任印制：储志伟

中国纺织出版社有限公司出版发行

地址：北京市朝阳区百子湾东里 A407 号楼　邮政编码：100124

销售电话：010—67004422　传真：010—87155801

http：//www.c-textilep.com

中国纺织出版社天猫旗舰店

官方微博 http：//weibo.com/2119887771

三河市华晨印务有限公司　各地新华书店经销

2019 年 11 月第 1 版第 1 次印刷

开本：710 × 1000　1/16　印张：11.25

字数：151 千字　定价：45.00 元

前　言

生态文学作为一种文学文化批评崛起于20世纪中期，是在人类所处的自然环境逐渐恶化、全球生态灾难不断出现、生态保护运动勃兴的背景下产生的，具有强烈的历史使命感，旨在唤醒人们的生态意识，重建人与自然的和谐关系。生态文学的出现与现实自然生态和精神文化生态的危机，与生态科学和生态哲学、生态伦理学等思想理论的建构紧密结合在一起，有着极为丰富和深刻的现实根源和思想理论依据。现代英美国家工业文明和科技高度发达，工业文明给社会带来了物质的疯狂贪欲，以及随之产生的自然生态、社会生态和精神生态上的灾难，人类陷入了前所未有的生存困境，生态危机尤其是精神生态危机已经严重威胁到人类自身的生存。生态文学作品中体现的生态整体观及其判断标准，有助于人们保护生物共同体的和谐。优秀的生态文学作品凝聚着人类在漫长的社会活动中所积累的生态智慧，作家通过作品向人们展现对世界及对生活的认识、思考和价值取向，向读者再现了特定的文化意识形态，其教化作用不可低估。人们利用当代英美生态文学中所蕴含的丰富而宝贵的生态思想资源，可以修补在人类物质文明高度发展的过程中受到严重破坏的人与自然、社会、他人以及自身的不协调的关系，对我们应对生态危机有一定的启示和借鉴作用。

当代英美生态文学发端时期的作品大都反映了两次世界大战时期美国大平原和英国城市空间的生态灾难，生态文学作家强烈谴责西方几千年来占统治地位的“人类中心主义”思想，深刻揭示引起生态灾难的根源，表明人类的命运与自然命运息息相关，表达了对人类理想生态家园的憧憬。当代英美生态文学的繁荣发展突显了英美国家对自然的破坏已达到极限。研究现当代英美生态文学，将西方生态哲思与中国的生态思想比较，挖掘中国生态智慧，推进生态文学研究与批评对中国的演进和经济社会协调发展具有重要的现实价值和启示意义。

本书在借鉴英美生态文学相关研究理论的基础上，对文学与生态的关系进行了梳理，分析了英美生态文学中的意象和思想内涵，然后分别就英国和美国具有代表性的生态文学作家及其作品进行解读。在本书即将出版之际，在此谨向相关的研究学者表示衷心的感谢。对于书中存在的不足之处，恳请广大读者批评指正。

作者

2019 年 11 月

目 录

第一章　文学与生态

第一节　自然与人的关系

一、西方文化中关于自然和人关系的论述

自然与人的关系在西方文化中有很多论述，西方文化中体现的观点也是自然是有生命的，人要热爱自然，保护自然，和自然融为一体。最早论述自然与人关系的是古希腊神话。在荷马的两部史诗《伊利亚特》和《奥德赛》中，荷马认为人是有生命的东西，人有意志，能行动，但是不要以为自然物体就是没有感觉、没有生命、没有意志的东西，荷马认为自然物体和人一样，他们也是有生命的。希腊诗人赫西奥德写了诗歌集《神谱》，在《神谱》中赫西奥德描写了很多神仙，有海神，有月神，有山林女神等，赫西奥德把自然中的物体看成是有生命的神仙，他们有意志，而且他们能行动。公元前 7 世纪至前 6 世纪古希腊流行的奥尔弗斯教按照人类社会的秩序和人的品格来编排诸神的体系。从上我们可以看出，古希腊人理解的自然界以及自然界的物体是活的、有生命的，能够自由活动，而且他们的生命力很强大，他们能用理智来控制自己，他们有一颗美好的心灵，他们是有理智的、理性的物体。古希腊人认同“人与自然和谐统一”的自然观，他们认为，“自然是生成着的活的充满理智的秩序”，人与万物组成统一的自然界，人是自然界的一部分，作为自然的一员，与自然浑然一体。

关于自然与人的关系，卢梭倡导“回归自然”。卢梭认为，自然状态能够恢复人的本性，唤回人的德行。卢梭的继承者有圣比埃尔、夏多布里昂、维尼等。他们都主张人与自然和谐相处，自然是美好的所在。拉丁的诗歌《湖》当中我们看到，湖是多么的美丽、多么恬淡，湖面上的清风徐徐吹来，又徐徐飘走，吹拂面庞，是多么的惬意，湖面上波光粼粼，月亮映照下来更显得生动活泼，增加了灵性，还有岸边的声音，使诗歌除了有美好的画面，还能让我们享受到听觉上的盛宴。诗人如此细致如此倾心地描写着美景，表达了对大自然的喜爱和眷恋。自然是伟大的，人类如果不爱惜自然，就会受到谴责。维尼有一首诗，名字叫《狼之死》，在这首诗里，诗人热情地歌颂了狼，狼是无比的崇高，忙忙碌碌的一辈子，不计较得失，不管遇到了什么灾难，遇到多少难关、挫折，都隐忍沉默，能做到真正的包容，拥有博大的胸怀；人却不同，人类有一个崇高的名字，但是思想和行动上却比不上狼，没有狼的隐忍，没有狼的博大，没有狼的淡定。从这首诗我们可以看出，诗人对狼无比的敬佩和喜爱。英国浪漫主义诗人柯勒律治描写当他和自然相处，融为一体时，他就会由衷地感到无比的自由，当他站在海崖边上，感觉到微风轻轻拂过，细细倾听，微风穿过树林的声音，远处波涛的声音，一切是那么自然，在自然中，他觉得自己渗入了自然，自然也拥抱了他，他在自然中感觉到强烈的爱，愿意去包容一切，这一切都是自然带给他的。从他的描述中，我们可以感觉到他对自然是多么喜爱，多么富有感情。

梭罗更是坚持人与自然的和谐相处。唐纳德·沃斯特认为，梭罗不仅在观察野外生态、研究野外生态方面做出了杰出的贡献，而且梭罗更是一个思想成熟的人，他对于自然的认识超越了这个时代的一般的人。在梭罗的生活和他的作品中我们看到，梭罗对待大地、对待自然是多么的热爱，倾注了多少感情。在梭罗的作品中，体现了他的生态观念和生态思想。梭罗不仅是一个生态运动的理论者，而且是一个生态运动的实践者，他是一个非常杰出的人，他的生态实践给后人留下了宝贵的财富，在他的引导下，后人将会沿着他的足迹，保护自然，与自然融为一体。1845 年，梭罗在离康城不远的瓦尔登湖畔自己建了一个小木屋，独自一人在那里住了两年多。在那两年多的时间里，梭罗亲近自然，徜徉在自然里，过着十分惬意的生活。爱默生这样描述梭罗："和他一起散步是一种乐趣，也是一种特权，他像狐狸或鸟儿一样了解乡村，在他自己的小路中自由穿行，他熟悉雪中或地上的每一条小径，知道这是什么生物走出来的路……他的胳膊底下夹着一本旧乐谱，是用来压植物标本的，他的衣兜里装着日记本和铅笔、观察鸟儿用的望远镜、显微镜和折叠刀，还有麻绳。为了对付橡树林和天门冬，以及爬树探鹰巢和松团窝，他头戴草帽，脚穿厚鞋，身着粗布灰裤。他涉水下池塘，观看水生植物，他的健壮的巧腿是他的不可小视的装备。"从爱默生的描述中我们看到，梭罗对自然是多么的热爱，因为他对自然的感情，他才会这么细致地去了解乡村，熟悉乡村的一切，他热爱自然中的生物，他跟它们结成了亲密的朋友关系。梭罗对于自然的认识有他独特的地方，他说，在他身处的瓦尔登湖畔，那里的自然非常美丽，但是在美丽中他却感到一种野蛮和一种令人生畏的东西，因为那里的大自然完全是天然的，他所看到的自然，一切都是那么原始，没有经过任何人之手，没有变成草坪，也没有变成牧场，没有变成林地，也没有变成荒地，它就是那么广袤，那么有包容性，它跟人无关，它有它独立的性格和命运。所以，在梭罗眼中，自然是有生命的，也是有人格的。自然不属于人，人却属于自然。人在自然中能获得身心健康。人接近自然，就是接近"那生命的不竭之源泉"。

缪尔是一个地地道道的大自然爱好者，他说大自然充满着上帝的思想，永恒的规律、无穷的力量、美好的一切。他认为大自然的美是上帝的赐予，这种美，感染到我们的身体，感染到我们的情绪，也感染到我们的精神世界，能够改造我们肮脏的灵魂。他还强调大自然的重要性，大自然非有不可，因为大自然生长了树木，也生长了山川河流，这些是一切生命的源泉。缪尔还说，人们需要欣赏美，这是大自然提供的，人们需要休息的地方、祈祷的地方，这也是大自然提供的，大自然能让人类得到心灵的平静，能帮人类抚平心灵的创伤，让人们在痛苦后重新快乐起来，大自然给人的力量是无穷的，既给人以身体的力量，又给人以精神的力量。缪尔对大自然如此称赞，如此有感情，不难想象，在这种思想的引导下，人是会多么珍惜和热爱自然，怎么舍得去破坏自然呢？人类只会去敬畏自然，保护自然。

阿尔贝特·史怀泽提出了“敬畏生命”的思想。他说，当他在非洲的时候，有一天的日落时分，当他们乘船逆流而上的时候，突然碰到一群河马，他们的船在河马中间穿梭，他突然就感觉到生命的伟大，他提出要“敬畏生命”。“敬畏生命”是敬畏每个想生存下去的生命，如同敬畏自己的生命一样。阿尔贝特·史怀泽说，当我们观察自然时，我们发现自然当中满是生命，每一个自然中的生命都是独立的，他们都有各自的小秘密，人跟这些生命不是毫不相关的，而是息息相关的，因此我们就不能单单为自己而活，我们要为这些自然中的小生命而活，我们要敬畏这些小生命，我们要跟这些生命相亲相爱，跟自然宇宙融为一体。阿尔贝特·史怀泽认为，“敬畏生命”不单单是敬畏精神的生命，而且要敬畏自然的生命。只有敬畏自然的生命，人才会更加敬畏精神的生命。我们要看到人的生命是神圣的。一切生物的生命都是神圣的。阿尔贝特·史怀泽认为，只有具备这种思想的人才是伦理的人，我们每个人都与自然中的生命息息相关，我们要正确对待每一个生命，而不要随意去伤害它，这样人类与自然才能和谐，万物才能共生。史怀泽的思想对我们现在有非常重要的意义，我们现在的人太缺乏敬畏之心，总认为杀死动物是一件随意的事情，其实动物也是一条生命，我们不要轻易去践踏它们的生命。

奥尔多·利奥波德是美国野生动物管理学家、思想家、环境保护主义理论家。他像梭罗一样，在威斯康星河畔购买了一个荒废的农场，在那里住了十多年。利奥波德的著作是《沙乡年鉴》，在这本书中，他提出“大地伦理”的思想。关于人与自然的关系，他是这样认为的，他认为人只是自然界所有生物当中的一员，很多历史事件，人起了一定的作用，但是其他的生物也起了作用，历史事件是人和大地共同起作用的结果。人是自然界的成员和公民，自然不是人的附属品，人应该去保护大自然。我们怎么保护大地？利奥波德说，我们要热爱和尊重大地。利奥波德认为，我们剥削和虐待大地，把大地视为我们的私有物品，这是极其错误的事，我们属于大地，大地和我们是一个共同体，我们要热爱大地，尊重大地，我们在使用大地时，要带着敬畏和感恩的心理。利奥波德明确指出，我们和大地有一种伦理的关系，就是要热爱大地，尊重大地，敬佩大地，赞赏大地。我们还要保护大地，要使大地和谐、稳定和美丽。他说，我们传统的做法，对大地的利用只是为了掠夺它的经济价值，这是一种错误的做法，我们要抛弃这种传统的做法，我们要从审美和伦理的角度来对待自然，在利用自然的经济价值时要以保护自然的和谐、稳定和美丽为前提。利奥波德的“大地伦理”思想也是非常有道理的，大地是我们栖息的场所，提供我们需要的物质，破坏了大地，人类不等于自取灭亡吗？

从上述西方关于人与自然的关系的论述中我们可以看出，西方的理论家们认为人是自然的一部分，是普通成员或公民，人应该尊重生物同伴和大地共同体，敬畏生命。而且，他们不仅是感情上热爱自然，而且实地深入自然中，与自然和谐相处，体会到自然的伟大和令人震撼的美。这跟我们中国“天人合一”思想是有共同之处的。此外，还有一种泛灵论的思想，也是比较尊重自然的思想。泛灵论的思想认为自然界的每一个物体都有它的守护神，如果人类想要使用这些自然物，人类就要先向守护神祷告，守护神同意了，人类才可以使用自然的万物。尽管认为自然物有一个守护神，这有点不合理，但是主张人在使用自然万物时，先跟自然沟通交流，得到自然的同意，这确是非常合理的事情。“天人合一”的思想，指导着人们尊重自然、爱护自然，不破坏自然、不过度利用自然，尊重自然中的万事万物，尊重一切生物的生命，人与万物共处于自然，处在平等的地位，没有掠夺，没有虐待，自然与人和谐相处。这是多么好的一种状态，对自然是好事，对万物是好事，对人类同样是好事。人类如果能一直与自然和谐相处，整个世界一片安宁祥和，该是多么幸运又幸福的事情呀。可是，事与愿违，这种“天人合一”的关系被打破了。

二、人类与自然的偏离

曾几何时，自然与人的关系发生了变化，源于人们对自然与人的关系的认识出现了错误。

首先是基督教的思想。基督教是以人为中心的宗教，他推翻了万物有灵论，使人与自然走向了分离。圣·奥古斯丁否定人是自然的产物，提出万物是上帝创造出来的，人也是由上帝创造出来的。这与以往的人是自然的一部分的思想相背离了。这种观点，把人从自然中分离出来，自然丧失了它的神圣不可侵犯性。小林恩·怀特评价基督教，说基督教虽然拯救了人类，但是却不知道引导他的教徒去敬畏生命，在生命面前表示谦恭，基督教的缺陷是它只在自然遭到侵蚀和破坏时才想到去保护田园，在此之前不会想到提醒人们不要破坏自然，它考虑的是人类的利益，而不是自然的利益。

基督教使人与自然分离，弗兰西斯·培根引导人们进入了人与自然关系的误区。培根虽然强调人认识和解释自然的可能性，但是他把人当作是自然的从属、仆役，认为人是"认识自然的仆役和解释者"。培根给世界提出了一个人造乐园，在这个乐园里人类的地位非常尊贵、非常崇高，要超越所有的其他动物，人类有凌驾于其他动物之上的权利。培根把人的地位提高，人高于其他一切动物，这是不利于人与自然和谐相处的开始。而且，培根还推崇科学的作用，在培根的意识里，基督耶稣经过一个清晰的变化过程，从传统中的救世主变成了一个科学家和技师，在科学的帮助下，世界变得更美好了，有了更好的羊圈，也能开辟出更绿的牧场了。科学的作用虽然毋庸置疑，但是后来发生的事情也告诉我们，科学也起到了负面的作用，它在自然生态的破坏上简直是不遗余力。

在林奈的《自然的经济体系》中，他让人拥有一个特殊的地位。他说，自然界的所有物种都管理得好，自然界就像被天意一样维持着，为什么呢？因为所有的自然万物都在很好地为人类服务，人类想用每件东西，就可达到自己的要求，实现自己的愿望，人类能够很好地被满足着。自然界不是为动物服务的，人高于动物，人是至高无上的。林奈认为，人比动物优越，因为人很聪明，人可以去驯服凶猛的动物，人可以去追赶和捕捉最敏捷的动物，人还能够抓到藏在海底的动物，总之人优越于其他动物。林奈所提倡的这种人类的优越感很不利于其他动物的生存，也很不利于自然的和谐。

接下来出现了一个把所有有机物看成“一台完整巨大的和复杂的宇宙机器”的各部分的热潮。勒内·笛卡尔说：“动物并不比机器多什么，他们根本感受不到痛苦或愉快。”这种观点把动物和植物看成没有理性的物质，人们可以随意地把他们加以处置，再也不用寄予任何的感情。这是非常错误的，动物和植物都是生命，怎么可能没有感觉，只是它们有感觉说不出口罢了。

因为人们对自然的认识发生了偏差，人们对自然的态度也就有了变化，人们不再与自然和谐相处，人们觉得自己变成了优越于其他生物的尊贵品种，人开始“控制自然”，因为人类要满足自己的需求，所以就不断地去征服自然、掠夺自然，自然与人的关系就不再和谐、融洽。

三、自然对人类的惩罚

人类征服自然、控制自然，表面上显示了人类的伟大，实际上这是一次错误的尝试。詹姆斯·乔埃斯说：“现代人征服了空间，征服了大地，征服了疾病，征服了愚昧，但是所有这些伟大的胜利都不过在精神的熔炉里化为一滴泪水。”这段话说明，人们向自然进军，征服自然、征服大地，以为一切都可以征服，其实这种征服只是假象，实际上人们是惨败而归。因为，自然用它的手段狠狠地报复了人类，自然生态出现了危机。华莱士·史蒂文斯在他的《世界观与生态学》中描述了这种危机。华莱士·史蒂文斯把地球比作生命之舟，他说地球这艘生命之舟是非常珍贵的，但是现在处于危险之中，因为人类总是去侵犯地球，侵犯作为自己栖息地的地球，人类栖息的地方如果不复存在，人类也就处于非常危险的境地，甚至处于濒危状态。张健雄在《崩溃的黄土地》里也说，人类如果虐待大自然，大自然也就会惩罚人类，因为大自然有一个生态法庭，生态法庭的判决是非常严厉的。人类作茧自缚，虐待自然，自然惩罚人类，表现在以下几个方面。

首先，大气污染影响人类健康。大气的污染有三种形式：第一，“温室效应”。二氧化碳的排放使温室气体增加，造成了“温室效应”。这个方面人们是很有感触的，因为近年来每一个冬天都是暖冬，在南方，四季的变化已很不清晰，冬天过后是夏天，夏天过完就到了冬天，感觉没有四季的交替。“温室效应”造成了气候的变化。气象专家说，气候发生了变化，后果很严重，有些地方出现了极高温的天气，或者是洪水泛滥，而且发生的次数特别多，或者是干旱天气，频率也很高，情况也很严重。干旱天气，极容易发生火灾，气候变化，病虫害也增多了，生态环境遭到了破坏。专家强调，如果这种气候变化不能停止，不能让气候稳定下来，经济就会受到极大的影响，社会也会处于不安定之中，环境会失调。第二，臭氧层空洞的发生。由于有毒气体的排放，臭氧层遭到了前所未有的破坏，臭氧层本来是防止太阳的紫外线直射下来，保护人类健康，现在臭氧层空洞使紫外线长驱直入，危害到人类的健康，这是毋庸置疑的。第三，雾霾的产生。雾霾也是因为人类废弃气体的过度排放造成的。现在，雾霾的情况越来越严重，人们对此的担忧也日益增多。有人说，雾霾与现代人癌症的增多不无关系，因此人类不珍惜自然，过度向空气中排放有毒气体，影响了大气的干净、纯洁，造成了大气的污染，反过来污染了的大气就会给人类经济、人类社会、人类的健康都造成很大的危害。

其次，水的污染与短缺危害人类生命。因为人们不注意废水的排放，很多工厂把废水、污水不经过处理直接排放到江湖、河流中，或者人们把一些城市垃圾，随意地扔到河流中，造成很多河流的水都受到了污染。水污染会造成两大后果：一是人喝了被污染的水后身体会变得不健康，有的甚至可能丧命；二是因为水资源被污染，加上用水量的增加，水出现了短缺的情况。每年有大量的人面临缺水，而且缺水的人的数量每年还在不断上升，数据十分惊人。水是人体中最重要的构成部分，没有水人是不可能活下去的，水资源日益短缺，人类的缺水状况如此严重，势必会影响到社会的安定，人们的身体健康。

最后，森林和草地被毁影响人类生活。过去，由于人们乱砍滥伐森林，造成森林面积的急剧下降，并且下降的比例每年还在加大。有人估计，如果不采取措施来制止森林面积的减少，几十年后地球上将不再有森林。众所周知，人要吸进氧气才得以生命的延续，氧气的来源是树木，树木吸收二氧化碳，呼出氧气，如果没有了树木，人类所需要的氧气从哪里来，这是一个非常严峻的问题。除了森林面积的减少，草地被毁也是一个非常严重的问题，人们过度放牧牛羊，不保护草原，草原退化，然后出现了沙化的情况。前些年北方的沙尘暴非常厉害，严重影响了人们的生活和健康，这不能不说是因为草原的沙化所造成的。刘易斯曾经在他的《人之废》这本书中说过，人类征服自然，表面上人类取得了胜利，人类从自然中获得了很多，但是实际上这些获得和胜利只是虚假的，自然对人类的征服才是更厉害的。自然表面上被人征服，被人掠夺，实际上人类在这场战争中一开始就输了，输得还不是一般的惨，人类在自然面前输得彻头彻尾，一败涂地。这里讲的就是大自然对人类的惩罚，人类对大自然的惩罚是无能为力的，只能是节节败退。阿诺德·汤因比说，宇宙中所有的物体都是有尊严的，大地有尊严，空气有尊严，水有尊严，岩石有尊严，所有的一切自然物体都有尊严，人不能去侵犯其他物体的尊严，如果侵犯了，人类自己的尊严就丧失了。如同我们平常所说，你如果想获得别人的尊重，首先你就要尊重别人，如果人类没有尊重自然万物，自然万物也就不会尊重人类。

因此，大卫·W. 奥总结说，在每一天即将结束的时候，“地球的天气总会比前一天热一点，水质比前一天酸一点，生命的纤维比前一天更单薄一点”，人类破坏自然，自然就会相应地回报人类，人类以为自己战胜了自然，殊不知，人类只不过是搬起石头砸了自己的脚。阿诺德·汤因比说，人类因为贪婪和目光短浅，肆意地掠夺生物圈，生物圈遭到了严重的破坏，已经变得不适宜人类长期居住，所以人类必须采取有力的措施来制止对生物圈的破坏，不然的话，人类未来还不知道居住到哪儿去，人类也不知道会遇到多大的毁灭性的灾难。

这确实是值得人们警醒和反思的地方。人们需要反思，需要改过，自然生态危机需要解决，文学在维护自然生态平衡方面有很大的价值。

第二节 文学对自然生态的价值

人们在对待自然的过程中出现了错误，遭到了自然的惩罚，自然生态出现了危机。危机日益严重，影响到人类的生存、健康，解决这些自然生态危机迫在眉睫。文学用自己的方式，给人们展示了解决自然生态危机的四个步骤。要解决自然生态危机，最重要的是人的问题，因为危机本来就是人造成的。人能停止破坏自然，自然就能慢慢修复，危机也就能慢慢解除。要人停止危害，首先必须让人意识到问题的严重。所以，展示自然生态危机，让人意识到危机的严重性是当务之急。人们看到危机，醒悟到危机是人类自己的原因所造成的，所以挖掘危机产生的原因是第二步。第三步就是告诉人们怎么解决自然生态危机，以及如何避免以后危机的再发生，这需要改正人们的错误观念，树立人与自然关系的正确认识。第四步，危机已经产生，如何修复人们内心的创伤，建议人们寻找处所依附。文学就在这一步一步中帮助人们解决自然生态危机中体现了自己的价值。

一、展现自然生态危机

文学向人们展现了自然生态危机的严重性，提醒人们要停止错误的做法，使自然恢复平静。文学展示的自然生态危机，首先体现在自然资源的破坏上，其次体现在人们不断地掠夺自然的行径上。文学通过这些生态危机的揭示，希望能引起人们的警醒，唤起保护生态环境的意识。

（一）自然资源的破坏

1. 土地资源的浪费

自然资源遭到破坏，首先体现在人们对于土地资源的浪费上。《国土的忧思》是第一部反映捍卫土地进行斗争的长篇报告文学。在这部作品中，作者王治安描述了一种“圈地风”对土地资源的浪费。四川省国土局戴世荣同志对记者说，在四川，很多地方都存在圈地的现象，乐山、内江、广元等地圈起来的地，可以供几万人的生活，但是这些圈地的人自己不利用土地，任其荒废，也不让别人使用，很多人是非常需要土地的，但却得不到土地，有土地的却让土地荒废，这是多么大的矛盾。金沙江畔一个小小的矿物部门围了 700 多亩地，想要耕种的人们没有土地耕种。重庆的一家军工厂征了 1200 亩地，却闲置在那里，成了老鼠的乐园。怎么会出现这么多圈地？有的单位圈了地，没有钱做后面的建设了，所以就把征来的土地搁置起来。有些乡镇企业征地很容易，一大片一大片的，但是企业的规模有限，根本不需要那么多地，所以有些土地就被他们用来堆放杂物，或是养鸡养鸭，没有起到耕地的作用。圈地圈的都是好地，这些地本来可以耕种，现在被圈了，农民没地可耕，粮食减少，没有粮食，吃穿问题怎么解决，人怎么活，这是一个严酷的现象。

2. 森林资源遭到破坏

文学展示了森林资源遭到破坏，形势非常严重。1988 年，中国问题学专家何博传的《山坳上的中国》一书出版，书中描写了森林资源遭到破坏的严重情况。2005 年，这本书被三联书城推荐为对中国近 20 年影响最大的图书之一。在这部作品中，作者写道，长白山的森林资源，砍伐树木的多，栽种树木的少，采育比例严重失调。长白山的森林在迅速减少，数据十分惊人，并且这种情况没有得到任何的缓解，黑龙江的林木仍然在过度开采。四川林区过度砍伐的情况也是非常严重，还有福建，每年砍伐量比生长量多 700 万立方米，老百姓还要烧掉 1000 万立方米，所以福建可用的树林差不多全部用完。1997 年王治安的《国土的忧思》出版，书中也写了森林资源的被破坏。曾经阿巧州有 310 万公顷的森林，但是人们在错误的观念指引下，十万大军向森林进军。阿巧州森林的年生长量是 100 万立方米，但是人们的采伐任务是 250 万立方米，过度砍伐使森林变得光秃秃的。众所周知，森林的作用非常大，具有净化空气、保持水土、消除噪声等功能，森林遭到破坏，严重影响人们的生活，危害人类健康。文学作品通过揭示森林的破坏，提醒人们不要人为地破坏森林，否则悔之晚矣。

3. 草原资源被损坏

草原资源的损坏，在很多文学作品中都有体现。郭雪波是中国作家协会会员，中国环境文学研究会理事，他的很多作品都在关注草原生态环境的。在他的长篇小说《银狐》(2006 年出版)中，郭雪波描述了草原沙化的过程。铁犁开进草原，把草原变成农田，但是草原的植被表土很薄，不像耕地那么厚，草原的下面全是沙土，变成农田后，最开始几年还能种庄稼，但是没过几年，沙土就全部冒上来了，风一吹，沙土到处都是，掩盖了表面的土，农田不再是农田，变成了沙地，不能再种庄稼了，也不可能再成为草原，所以草原就成了废地，变成了死气沉沉的沙漠。《狼图腾》(2004 年出版)是一部关注草原生态非常著名的作品，截至 2014 年 4 月，再版 150 多次，正版发行近 500 万册，连续 6 年蝉联文学图书畅销榜前十。作者姜戎在这部作品中描写了牧民们过度放牧给草原带来的伤害。本来只能养 500 只羊的草地，人们却要养 2000 只甚至 3000 只。过度放牧造成草原的破坏，草原沙化严重。这不能不说是一个非常严峻的问题。沙漠的面积越来越广是草原资源被破坏所造成的恶果。

4. 河流由生到死

于坚的诗歌曾获得第四届鲁迅文学奖，他是“第三代诗歌”的代表性人物。于坚关注生态环境，关注人与自然的关系。于坚有两首诗歌写滇池，不同的写作时间反映了滇池变化的过程。没被破坏的滇池是年轻人生活的天堂，人们在滇池边上或欢乐地歌唱，或安静地思考，或甜蜜地恋爱，滇池是人们心中的人间仙境。

年轻人常常成群结伙坐在海岸

弹着吉他

唱“深深的海洋”

那些不唱的人

呆呆地望着滇池

想大海的样子

恋爱的男女

望见阳光下闪过的水鸟

就说那是海鸣

——于坚《滇池》1983 年

但是后来，在人们的破坏下，滇池死了。

死亡啊　在我们依靠着的　在我们背后

在接纳着一切的那里下手

永恒　竟然像一个死刑犯那样

从永恒者的队列中跌下

坠落到该死的那一群中间

哦　千年的湖泊之王！

大地上　一具享年最长的尸体啊

那蔚蓝色的翻滚着花朵的皮肤

那降生着元素的透明的胎盘

那万物的宫殿　那神明的礼拜堂！

——于坚《哀滇池》1997 年

从 1983 年到 1997 年，14 年的时间，滇池由生到死。大地上的河流，像滇池这样被破坏的可谓不少，黄河由于河流两边的植被破坏严重，大量泥沙沉入河中，河水变得浑浊；由于人们对水资源的开发利用不合理，淮河等河流出现断流现象……水资源的破坏非常严重，危及人们的健康和生活。

5. 物种被摧残

在文学作品中，作家们还写到了物种的被摧残。卡森的《寂静的春天》是一本激起了全世界环境保护事业的书，是 50 年以来全球最具影响的著作之一。卡森在《寂静的春天》里讲了农药对环境的危害，其中危害之一就是对物种的摧残。《寂静的春天》第八章写的是“不再有鸟儿歌唱”“鸟儿的生殖能力已受到损害。例如：‘记录显示，有些鸟筑了巢但不生蛋，又有些生了蛋却孵不出来。有只知更鸟乖乖地孵了二十一天还是孵不出小鸟。正常的话十三天就孵出来了……。’在 1960 年，他向国会小组报告说：‘我们分析繁殖期间的鸟，发现它们的睾丸和卵巢含高浓度的 DDT。有十只雄鸟的睾丸含 30 到 109ppm；在两只雌鸟的卵巢中，一只含有 151ppm，另一只含 211ppm。’”鸟儿的数量在减少，鸟儿不再唱歌。除了小鸟受到人们的摧残，还有很多物种也由于人类的过度捕猎而濒临绝迹。文学作品通过展示物种的逐渐变少，揭示出自然生态平衡遭到破坏，提醒人们要保护生物，保护自然。自然资源遭到破坏，生态环境失去平衡，文学将这些危机展示出来，希望人们能够意识到自己的错误，幡然醒悟，不要再去破坏自然了。

（二）人对自然的掠夺

文学除了向人们展示自然资源被破坏，提醒人们保护环境、保护资源，文学作品还直接揭露了人们对自然的侵略，批判了人们掠夺自然的恶行，呼吁人们放下手中的屠刀，不要再向自然行恶了。

英国著名历史学家汤因比在《人类与地球母亲》中说，人类可能能拯救大地，也可能将大地毁灭，关键看人类如何取舍，人类如果想要拯救大地，就要爱惜自然，不能再肆意掠夺自然来满足自己的私欲。如果人类不肯放弃贪欲，执意要用技术来征服和开采大地，大地就会被毁灭，最终伤害的将会是人类自己。事实上，人类就是这样执意地在征服自然，掠夺自然，造成了自然的毁灭。

自然本来是多么平静，多么美好，一旦被人发现，自然的美好、恬静、舒适，鸟语花香，空气甜美，人类就想要占为己有，人类便向自然进军，挖掘大自然，拔草、砍树，建起围墙，满足的自己的私欲，而自然中的动物却失去了自己的生存空间，被迫离开居住的家园。豹子会到哪儿去，如果能找到一个栖身的地方还好，如果找不到，豹子不就会消失在自然之中吗？人类掠夺自然，挤占了动物们的栖息之地，破坏了生态环境。陈应松的“神农架系列小说”曾获第三届鲁迅文学奖，在《豹子最后的舞蹈》中，陈应松描写了神农架的最后一只豹子。豹子家族的其他成员都死了，包括它的父母，它的兄弟姐妹，它的同类，全部被猎人捕杀了，最后只剩下这只豹子，它东躲西藏，没有食物吃，没有朋友，一个人孤孤单单地在森林中游荡。它看到一只豪猪，但是这只豪猪也过得并不好，这里不是它们的乐园，因为这里的树木全被人砍光了，只剩下一些树桩。然后，一种野生植物大肆疯狂地生长，占领了这些荒山野岭，大蓟的身上长着坚硬的刺，豪猪身上虽然也有刺，但是面对多刺的大蓟，豪猪也是愤怒不已。豹子找不到食物，还要面对猎人的追捕。猎人在山里下了很多套子，钢套和绳套，豹子要小心地绕过它们，不然就是死路一条。猎人们对待动物非常的残忍，用三爪猎钩钩住猎物，然后用开山刀背猛烈地敲击猎物的头，猎物的脑壳很快就被敲碎了。这只豹子的母亲死的时候非常惨，当时山上起了火，救火的人们突然发现了豹子的母亲，于是人们放弃了救火，转而来捕捉这只豹子。当豹子的母亲被抓住时，身上的毛已被烧焦了，头皮也开裂了，牙齿也掉了，尾巴也断了。但人们仍然残忍地对待它，丝毫不记得史怀泽说的要“敬畏生命”，最后这只豹子被人类捕杀了。这是最后一只豹子，从此神农架的豹子销声匿迹了。人类就是这样破坏生态环境，使生态环境失去平衡。文学作品通过揭示人们的这一错误，批判了人们的残暴，希望人们能够放下手中的屠刀，保护动物，维护生态平衡。

陈应松的《木材采购员的女儿》中写了人们对森林的过度砍伐。刚开始，神农架的森林本来非常茂盛，伐木工人在热火朝天的伐木，伐木的气势很强大，绞盘机把木头从山坡下拉起来，集材机把木头拖走，一声声的“顺山倒”惊天动地，树木在伐木工人的吼声中瑟瑟发抖。后来，吴三桂和蒋明孝回到乱云垭，哪里还有什么伐场，这时已无木可伐，树木都被伐光了。乱云垭像被剃了光头，只剩下一些伐过的大木桩子。大树已经没有了，只剩下一些稀稀拉拉的小灌木，如杜鹃、蔷薇等，茅草也长得很茂盛，有一人多高，这里成了野人打尖的地方。美国博物学家约翰说，人们在砍伐树木的时候，其实也是在画地为牢，自己把自己逼上绝路。在人们砍伐树木的时候，森林中的动物们可遭了殃，神农架森林里原来居住着金丝猴、麝獐，自从伐木工人进驻森林，开始喊声震天的伐木，动物们就被吓坏了，金丝猴仓皇逃跑，呼啸着不知跑到哪儿去了，麝獐也逃跑了，生态环境就被人类的侵袭破坏了。人们看到这些作品，心中应该掀起波澜，人们在破坏森林方面已经造成了巨大的错误，生态环境已经遭到了破坏，人们不要再错下去了，否则后果将不堪设想。

法国 16 世纪诗人龙萨在诗中写道：

听我说，樵夫，你的双臂请稍息片刻，

你砍下的不是树杈，

你没有看见那滴滴鲜血，

正从树皮下仙女的身体中汩汩而出？

龙萨通过自己的诗歌向樵夫们呼喊：树也是有生命的，樵夫们，请你们一定要爱惜大树，不要再肆意砍伐了。如果一直砍下去，森林被破坏殆尽，随之而来的就是大地的死亡，到那时人类将往哪儿去，所以人们要三思啊。

人类还对鸟儿大开杀戒，在“国家公园之父”缪尔的《我们的国家公园》里，他写了人类对鸟儿的杀戮。人们端着猎枪，排着整齐的狩猎队伍，狂暴地捕杀知更鸟。被击落的知更鸟被这些刽子手们装进口袋，然后把它们当作晚餐煮着吃。知更鸟本来是会唱歌的鸟，为人们带来动听的音乐，这时却被这些残忍的人给吃了。那些受了枪伤的鸟也没有人去救治和帮助，它们只能在痛苦中慢慢死去。这是多么残忍的事情，这是多么残忍的人类，对待生命，如此无情。殊不知，人类今天虐待了自然，自然终将有一天会对人类发起报复，人类就只能坐以待毙，束手无策。

人类对自然的掠夺和破坏触目惊心，造成了极大的灾难。文学作品把这些人为的灾难展示在世人面前，希望人类能够警醒。我们也相信，这些看得见的灾难和看不见的灾难终将能让人类幡然醒悟，停止自己的错误，为解除生态困境而共同努力。

二、揭示人类破坏自然的原因

文学向人们展示了自然生态危机的严重性后，又揭示了造成生态危机的原因——人类。在文学的帮助下，人类意识到自己的错误，但是怎么改正这些错误，我们首先要从思想找根源。找到错误的思想根源，从根本上改正这些错误，才是解决问题的关键。文学作品向我们揭示了人类破坏自然的原因是人对自然的错误认识。我们的传统是人与自然和谐相处，人们信奉“天人合一”和“道法自然”，但是现代人的观念发生了偏差。卡森说，犹太－基督教教义认为人是自然的中心，这种思想误导了人们，所以人们也就真把自己当成了自然的中心、世界的主宰。他们认为，地球上的一切都是为人类服务的，动物、植物、矿物都是为人而生的，人想把它们怎么样就怎么样，这一切是天经地义的。这种思想导致人们肆意掠夺和破坏自然，这是自然生态危机发生的根本原因。文学意识到了这一点，揭示了人类破坏自然的原因，这是文学的一大价值。

《银狐》的作者郭雪波借书中人物白尔泰之口说，现代人没有人的自然状态了，他们忘记自己来于自然，是自然的产物，应该敬畏自然；现代人只会向自然索取，他们想的就是征服自然、掠夺自然，把自然的财富为己所用；他们在掠夺自然的过程中唯恐不尽其极，他们非常的贪婪，把所有自然资源都想占尽；他们又非常狠毒，对待自然毫不留情，毫不手软，对待动物非常残忍，没有同情心。总之，人类在自然面前非常疯狂，疯狂地破坏、疯狂地掠夺、疯狂地残杀、疯狂地追求，以满足自己的私欲。这样的疯狂源于人们对自然的错误认识。在《猎原》中，炭毛子说，大雁“不就一个毛虫吗？它生来就是叫人吃的。”这就是对大雁的错误认识。大雁是自然生态系统中的一员，没有了大雁，自然生态系统就失去了平衡。在陈应松的《木材采购员的女儿》这篇小说中，当吴三桂跟着她的父亲吴忠上山收购木材时，吴三桂看到人们砍伐大树的场景，她好奇地问父亲，这些伐木工人为什么要砍伐树木。吴忠告诉她，因为这些树木有用，可以用来打家具，可以用来铺枕木，还可以用来建造房子，人们想砍就砍，想用就用，就是因为人们觉得自己是世界的主宰，是自然的中心，所以可以肆无忌惮地砍伐。人们为什么砍伐树木，吴忠还给女儿讲了另一个原因，就是树要是没有人去砍它，长在深山里就没有什么用，就是钱不值的东西。这种观念也是错误的，吴忠把树的价值的体现寄托在人类的肯定上，也是主张人凌驾于自然之上，人比树更有价值，树的价值以人为参照。正是因为这种的错误观念，人类破坏自然而不自知，毁灭生态环境而不自醒，这实在是非常悲哀的一件事。

《白轮船》发表于 1970 年，是作家艾特玛托夫的巅峰之作。在《白轮船》中，作者描写了猎鹿的人把自然当成自己的私有财产，这也是没有正确认识到人与自然的关系。他们认为自然中的一切，包括天上飞的、地上跑的、土里爬的，所有的一切生物都是属于人拥有的，人拥有所有权，自然也就拥有使用权，所以那些猎鹿的人认为在自己的地盘捕杀自己的动物是天经地义的、非常正常的一件事，殊不知自然界的一切生物都是独立的个体，包括人，都是独立的，没有谁属于谁，没有谁依附于谁，所以每一条生命都应该被尊重。人处于自然之上、认为自己是万物的主宰，这种极其错误的观念使人的欲望无限膨胀，所以他们再也不怜惜自然，热爱自然，而是要征服自然，因为他们是“最大的”，他们是自然的主宰。《俄罗斯森林》是苏联作家列昂尼德·马克西莫维奇·列昂诺夫的代表作，也是苏联战后文学的里程碑。这部作品于 1957 年荣获首次列宁文学奖金。《俄罗斯森林》里描写了这么一个人，他说：“我喜欢水啊。我愿意制服它。又多又懒的家伙……我要使他变成白沫飞溅的狂暴的力！”他不仅要制服水，他还要让大自然“听命于我，怎么样？哎呀，幸福都使我头晕了，大自然……需要我们给它注入多么大的力啊！……要让它乖乖地献出自己的金钥匙。‘拿来，全拿来，背后还藏着什么哪？’”这个人也是一个思想错误的人，是一个愚蠢的人，他还在自鸣得意。殊不知，他以为征服了自然，其实却是给自己带来了无穷的灾难。《当代》文学奖获得者杨志军在《环球崩溃》里说，人类总是去征服自然，战胜自然，残害自然中的其他生物，人在这一过程中强化了自我意识，如果这种自我意识太强大，人就会产生幻觉，盲目地以为自己是最伟大的，是不可一世的，于是就会变本加厉地对待自然，破坏自然，到最后自然被破坏殆尽，人类也就失去了生存空间，人类与自然最终是同归于尽。这也说明人们破坏自然的原因是人们的错误认识，这种错误认识导致他们百般地向自然挑战，结果两败俱伤。

人类的错误认识导致了人类的错误行为，文学作品揭示了这一点，希望人们能够纠正自己的错误思想，从而改正自己错误的行为。

三、提醒人们树立正确的自然观念

在文学的指点下，人们已经认识到自己的错误，也知道是自己思想的问题，要真正解决自然生态危机，就必须先改正这些错误思想，树立正确的自然观。首先，文学作品给人们介绍了一些信仰，希望通过正确的信仰，引领人们走上正确的道路，实现自然生态平衡。

《银狐》中白尔泰说，我们可以信奉萨满教。白尔泰说，因为现在的人把原来传统的“天人合一”的思想给抛弃了，人凌驾于自然之上，对自然巧取豪夺，破坏了自然的生态环境。在白尔泰的思想中，人们要改变目前的这种状况，可以宣扬萨满教的宗旨。萨满教提倡人们要崇拜大自然，不再是把大自然踩在脚下，萨满教也认为自然中的万物有神灵依附，雷、火、树木等都是有神灵的，人们不可以得罪这些神灵，要向神灵叩拜。这有点像泛灵论的思想，虽然有点唯心的想法，但是终归是对人与自然关系的拨乱反正，不是以人为中心，人作为自然的一员、自然的产物，要尊敬自然、敬畏万物。萨满教说人跟自然万物的关系是平等的，每一个人、每一个自然生物都是地球上的一只虱子，都是渺小的、依附于自然的，没有自然，人不可能生存，人要是为所欲为、无法无天，自然就会要用它的神秘力来惩罚人类。有了这样一种神秘斧刀的制约，人估计会有一些对自然的敬畏之心了。

像白尔泰信奉萨满教，《狼图腾》中的蒙古牧民们信奉长生天腾格里。腾格里把草和草原的生命认为是大命，人和狼、羊等动物的命是小命，大命要比小命重要，大命其实就是自然的命，在腾格里的观念中，自然比人要重要，人要依靠自然才能生存，人们要听腾格里的话，要善待草原。黄羊吃草特别厉害，我们就不能把狼赶尽杀绝，要靠狼吃黄羊来保护草原。这对于维护自然生态平衡是非常有道理的，也是非常重要的。人们靠山吃山，靠水吃水，靠草原吃草原，如果草原毁了，人的小命也就不保了。有了正确信仰的指导，人们就会有计划地做事，不会再盲目地过度地利用自然，自然生态环境就能得以保护了。

其次，文学告诉人们，要树立正确的思想，要抑制内心的贪欲。汤因比在《历史研究》中说，人类如果想要长久生存，最重要的就是要改变内心的贪欲，要讲究节约。因此，人们要恢复人与自然的和谐，保护自然生态环境，文学作品中借作品中人物之口提出抑制贪欲。《狼图腾》中毕利格老人说，人们打猎的时候要根据野物的多少来调整自己的获取量，如果野物很多，人们就可以多打一些，如果野物少，人们就要少打一些，如果野物很稀少了，人们就不要打。这样有个节制，才能让野物更好的繁衍生息，才能每年都有猎物打，不然一次打太多，几次就把野物打光，人们还怎么打猎，获取自己需要的野物呢？《猎原》中孟八爷也抨击了人们的贪欲，他说人们总是想吃好猎物，又不加节制地吃，一味地滥捕、滥杀，最后好东西将会被吃光，到时候许多生物将绝迹，人们又到哪儿去找吃的呢？人们真的要控制自己的贪欲，要有节制。哲夫说，我们要尽量控制我们的贪欲，维护生态平衡，要让自然万物有序生长，要遵循宇宙的生存法则，否则后果不堪设想。

最后，文学告诉人们，要树立正确的观念，最重要的就是要重新认识人类在自然中的角色，重新认识人与自然的关系，重返人与自然的和谐相处。徐刚在《伐木者，醒来》中告诫人们，人类应该明白，人类生存在地球上，如果人们破坏地球上的植物或者森林，受害的只能是人类自己，因为森林和野生植物给我们提供了很多便利，所以我们要克制私欲，不要一味地向自然索取，而且是过度的、无止境、无节制地索取，最终只会造成资源的衰竭和短缺，那时人类就悔之晚矣。我们要和自然和睦相处，我们要热爱地球上的每一棵树，每一棵草，我们要尽可能地去保护它们，而不是摧残它们，我们给予了植物足够的爱心，它们也会用最好的方式来回报我们，关照我们。这就是人与自然相处的正确模式。有一个蒙古族孩子问她的妈妈，作为蒙古民族，他们为什么要不断地搬迁，孩子的妈妈告诉孩子，因为他们如果长期住在一个地方，就会对大地母亲造成伤害，大地母亲就会痛苦，他们不时地移动一下，就像在给大地母亲捶背一样，大地母亲就会很舒服。这个妈妈，教育自己的孩子体恤大地，就像体贴自己的母亲一样，把大地当成母亲，自然就会替大地着想，就不会舍得去剥削和掠夺大地，也不会残暴地对待大地，只会善待大地，一心想着对大地好，大地自然也会像母亲对孩子一样，照顾人类，关爱人类。这样的自然与人类的关系是多么的融洽啊。

新生代散文家苇岸用自己的行动为人们树立了正确的表率。他热爱自然，真诚地与自然融为一体。他在他的散文集《大地上的事情》中描述了他与自然和谐相处的画面。他曾经认真地去观察蚁巢，他发现蚂蚁筑巢有三种方式：第一种是小型蚂蚁筑的巢，形态各异，有的是酒盅的形状，有的是灶台的形状，有的是城堡的形状，在苇岸看来，这些小蚂蚁是多么的心灵手巧，它们是高明的建筑师，有着无比的才华，才能建出各种形状的巢；第二种蚂蚁是中型蚁，它们的巢做得非常讲究，它们用的土是均匀的、美观的，它们的巢筑得像一朵花，可见它们是有多爱美，爱生活，是一群优雅的小精灵；第三种蚂蚁的巢是大型蚂蚁筑的巢，大型蚁的性格很像北方人，大大咧咧，完全不讲究，巢也就做得非常粗犷、随意，这种洒脱、不拘小节的个性其实也是让人羡慕不已，学都学不来。苇岸看待这些小蚂蚁，倾注了感情，当他在观察这些小蚂蚁时，他的内心是多么的欣喜。小蚂蚁带给他很多感动和快乐，小蚂蚁们或能干、或精致、或豪放，都能给人以启迪，使人也暗暗地想要向小蚂蚁学习。苇岸写他听到啄木鸟敲击树木的声音，这种声音速度很快，像是拉弓后弓弦发出的颤音，听到这种声音苇岸觉得很幸福。苇岸还听过麻雀的叫声。麻雀跟人相处得很好，它们经常到地上来，一点也不怕人，它们发出的叫声包含着对人的信赖，洋溢着一种幸福感，充满着一种安全感，就好像一个小孩子骑在父亲背上，父亲宽厚的背给了他无限的温暖，他内心充满幸福和感动，所以想要高歌一曲。当苇岸站在大地上，他写道，他感觉到身体在舒展，血液在流动，感觉到一种生命里的勃发，这是大地带来的感觉，大地的活力让人感觉到满满的激情，想要大声喊叫，或者是疾速奔跑。在苇岸的笔下，自然带给人们勃发的生机，带给人们生命的喜悦，带给人们满满的幸福，人在自然中生活，非常惬意，非常畅快，人与自然和谐相处。

这是多么和谐的韵律呀！可见，有了对于自然的正确认识，就能实现人与自然的和谐相处，自然生态危机就能解除。雷达曾说过，人在与自然相处的过程中，对于自然要有正确的认识，要遵循自然的规律，不要违背自然规律，不要乱砍滥伐，不要过度捕猎，每一个生命都有生存权，人要尊重每一条生命，要爱护动物，爱护自然环境，珍惜生存环境。如果人盲目凌驾于自然之上，不遵循自然规律，破坏自然，扰乱生物的生存环境，人自己也会受到惩罚。霍尔姆斯·罗尔斯顿认为，人类必须研究自然的秩序，然后遵守自然的秩序，这样人的生活就会过得更美好。反之，如果人总是以自己为中心，把自己当成自然的主宰，激化人跟自然的矛盾，这样的人肯定会过得不完美，而且这样的人称不上一个智慧的人。总之，人们要解决自然生态危机，就要改变之前错误的观念，树立起对自然的正确认识，改变之前的错误做法，不再征服自然，破坏自然，而是保护自然，珍惜自然。文学在提醒人们改变错误观念、树立正确观念上起了很大的作用。

四、建议人们依附处所

当人们处于生态危机中，身体会受到伤害，而这时生态危机还没有解决，怎么办？文学建议人们，可以找一个处所，在那里能够修复自己内心的创伤。处所是什么？著名环境批评家劳伦斯·布伊尔给处所下了一个定义，他说，处所是一个空间，这个空间不但有地形学的特殊性，而且是一个对人有意义的空间，它的意义在于它能够被人依附，在处所中，人的社会关系会处理得很好。王诺先生也对处所有自己的理解，他认为，处所是指一个特定的自然区域，在这个自然区域里，人能够依附其中，从而会影响到人的很多方面。比如说，人的生存特征，人具有什么样的生存思想，处所还能体现着人的生态身份。当然，除了处所会影响到人，人也会通过自己的力量影响到处所，两者是相互依存，相互影响的。所理论家们认为，人是自然的产物，人的生活资料和生存环境都来自自然，人是依靠自然而活的，人的一种本性是人依赖于处所，没有处所，人就是漂泊的。所以，人们对处所非常重视，人们总是想要找到自己的处所，这是人的一种原始意识，或者说是一种情结。人们期待有一个处所，自己能够身处其中，每天能看到，能听到，能闻到，这样，人们的内心就会平静下来，生活也就更加踏实。有很多生态文学家长期生活在某一个处所，陶渊明弃官归隐田园，他的处所是他的故乡，尽管他在故乡田园的生活过得非常贫困，但是他坚决不再踏进官场半步，坚守在自己的处所；梭罗的处所在缅因森林，他放弃城市里优渥的生活，只身来到瓦尔登湖畔，在这里过了两年半简单但是惬意的生活；此外，麦卡勒斯的处所在哈德逊河畔，哈代的处所在威塞克斯，利奥波德的处所在沙郡农场……每一个人都有其各自的处所。西方生态文学家和生态批评家认为，处所对于人有两点意义。第一，处所影响甚至决定着人的生存、人格特征和思想文化。人文地理学家萨克说，我们每一个人都要依附处所而生活，处所能让我们有一种地理意识。这种地理意识特别重要，首先，它能让我们知道，我们的生活是如何环环相扣的；其次，地理意识能体现我们是一个文化人，又是一个自然的人，既有文化性，又有自然性，是一个独立自主的个体；最后，地理意识作为一种地理的媒介，它不但能在地理位置上把我们集合起来，还能让我们有一个齐心协力的目标，那就是把我们的地球变成一个家。英国作家劳伦斯说：“每一个大陆都有它自己伟大的地之灵。每一个民族都集中在特定的地域，这一地域就是家园和故乡……地之灵总归是一个伟大的真实。”地球上不同的地方就有不同的特点，每个地方生活的生物不同，环境也不相同，但是都有一个共同点：每个地方都是一个处所，都是相应的人选择的相应的处所。劳伦斯还说，每个人都想要回到自己的故乡，因为在故乡，人能够感觉到蓬勃的生机，能够感觉到自由，而在外面，人总是感觉到漂泊和被放逐。人们身处在生机勃勃的社区，这个社区给人的感觉是可信赖的，人们就会积极地去做一些事，努力去达到一些目标，这些目标在以前可能是难以实现的，但是现在人们有了目标，有了这份活力，人们感觉到自己是自由的。第二，处所能够实现人的自我身份的认同。马克·奥杰说，处所具有关系性和历史性，它能实现人的身份认同。如前所说，处所是伟大的，它将人和其他生物召集在一起，人在与其他生物相处的过程中，意识到自我，认识了自我，从而实现了人的身份认同。海塞强调，我们要依附于处所，只有在处所中，我们才能够感觉到跟自然的联系，我们才会感觉踏实，就像人有了依靠一样，不会感觉到悬在半空中，一不小心，就跌个半死。而且，在处所中，我们能够清醒地知道自己是谁，不会让自己在碰到什么情况时惊慌失措、惶恐不安。保罗·谢泼德说，我们要明白我们在哪儿，就能明白我们是谁。这话说得好像有点玄，其实也是说在处所中，人能够认识到自己，实现自己的身份认同。如果没有处所依附，我们肯定会迷失方向，就不会认识到自己是谁，也就无法构建自我，完善自我。斯奈德也说，只有清醒地看到自己所处的位置，才能真正明白自己是谁。如同我们对待自然的态度，以前我们和自然是和谐统一的，我们与自然身处同一位置，就能够明白该干什么，不该干什么。在人们身处的环境中，大家都懂得自然的秩序，都懂得各自的作用，那么也就能明白自己是谁，该做什么，在群体中该起到什么作用。后来，我们把自己的位置摆在自然之上，就认识不清自己了，就做了很多错事。

自然对于人类来说实在是太重要了。可以说，没有自然就没有人类，如果自然毁灭了，人类绝对也会毁灭，所以，我们一定要保护好自然生态环境。保护自然生态环境最重要的就是人与自然的融合，人类和自然的和谐相处。所谓融合与和谐，就是人们要对自然充满感情，从心底里爱护自然，保护自然，随时随地珍视自然，把自然当作自己的母亲，把自然界的动物、植物当作是自己的孩子一样去爱护，不做破坏自然的举动。不随地吐痰、不乱扔垃圾，不能把大地母亲弄脏了；不踩蚂蚁，不摘花，它们都是有生命的，它们也会疼；不乱排放废弃物，不能把空气弄脏了；不过度开采，不过度放牧……心中有了感情，做事就会有所约束。一切从自然的角度出发考虑问题，克服自己的私欲，让自然母亲休养生息，这样自然才能健康发展，人才能在自然中自由生活。文学今后努力的方向，希望能在促进人类对自然的感情上着手。人之初，性本善。人们都是有一颗善心的，文学要唤醒人们的善心，唤醒人们心中对自然的爱，唤醒人们保护自然的意识。人类如果能够自觉地从内心出发保护自然，自然离健康发展的日子就不远了。

第三节　古代西方的生态观

人类是大自然的一部分，而大自然是人类生存和发展不可或缺的外部环境。早在人类文明诞生以前的漫长岁月里，人类的祖先就和其他生物一样，从大自然获取资源来维系自身的生存和发展。当人类进入文明社会以后，在不同的文明阶段，对大自然也产生了不尽相同的认识。在古希腊古罗马文明时期，由于生产力水平和意识水平的局限，人类对大自然更多的是崇拜和敬畏。在古希腊古罗马文学作品中所体现出来的人类的自然观念中，虽然也有如荷马的《奥德赛》式的征服自然的豪情，但更多的则是对大自然力量的谦卑的歌颂以及对回归古朴大自然的情怀的抒发。这两种思想感情在本章所选取的两位诗人忒奥克里托斯（Theocritus）和维吉尔（Virgil）的作品中有充分的体现。

在古代，人类对大自然的理解基本局限于自然崇拜与原始宗教的角度，打雷、下雨、干旱和洪水等大自然现象都被人类用宗教的形式予以解读。因此人类文明中出现了神的形象，人们对诸神的崇拜其实就是对大自然的崇敬。人类的一切活动必须遵循一定的法则——自然规律，否则就会惹怒神灵，遭到惩罚。在诗人维吉尔的作品《农事诗》中，诗人在每一章的开头都向和农业有关的神灵进行庄严的祷告。在维吉尔看来，人类的农业生产活动是一种和大自然的互动和交流，作物的播种、耕作以及丰收的过程实际上是人类利用自然规律向大自然索取资源的过程。农作物的丰收实质上是大自然对人类的恩赐。人类应该对大自然怀有感恩和敬畏之情。人类绝对不是至高无上的，并不能为所欲为。这种对神（或者说自然规律）的敬畏和尊崇的思想与后世所奉行的征服、改造、统治大自然的人类中心主义的思想形成了鲜明的对比。

当然，在古人眼中，大自然不仅仅是高高在上、喜怒无常的主宰者，也是一种美好的精神寄托。在忒奥克里托斯的《田园诗》以及他后来的模仿者维吉尔的《牧歌》中，两位诗人都向读者展示了完全理想化的远离现实的田园世界。在这个世界里，牧羊人放声歌唱，歌颂爱情和友情，过着恬静惬意的田园生活。但我们知道，这种世外桃源般的生活在现实中几乎是不存在的，作品所表现的仅仅是诗人对现实的不满和对美好生活的向往，或者更准确地说，是对“回归”大自然的向往。

因为从人类发展的历程来看，人类本来就是来自丛林，起源于大自然的。但随着文明的产生和发展，人类逐渐脱离了大自然，建立起了属于自己的居住环境——城市。然而对现实生活的诸多不满又让人们对那种虚幻的、无忧无虑的生活充满了向往。此时，与城市文明生活相对的田园生活，便成了人们逃避现实的精神寄托。

一、中世纪的自然伦理

在中世纪长达一千年的时间里，自然的神性几乎是得到了无限的张扬。

中世纪里自然的文学形象，最生动地体现在但丁的《神曲》之中。但丁在《神曲》中让早于他一千多年的维吉尔做他的导师，这也说明他对维吉尔所继承的古希腊神性自然观念的接受。但丁在他所生活的这个物质世界内外又附着了一个更伟大的精神世界，包括地狱、炼狱和天堂，这个伟大的精神世界里包含了人类伦理精神的最高境界，上帝的意志通过这个精神世界的各个区域里的各种神圣形象，对生活在物质世界中的人们做崇高神性的伦理评判。

文艺复兴所带来的自然观是人性的自然。所谓人性的自然，是指一种把自然视作人类活动环境或象征的自然观，它是作为宇宙中心的人类的一种附属，就像彼特拉克把鲜花、乡土和时间都放进他的歌里，而这一切只是因劳拉之美而美。

乔叟“环境气氛”式的自然观在莎士比亚那里达到了高峰，他的哈姆雷特对自然既有美好热烈的礼赞，又有阴冷抑郁的厌倦；从热烈赞美到否定舍弃只在主体的一念之差，仿佛是哈姆雷特“生存还是毁灭”的心理活动。在莎士比亚那里，人对自然而言后来发展成一种主宰，正如《暴风雨》中的普洛斯彼罗那样，他手中的法术可以让他呼风唤雨，指挥精灵，甚至可以让他奴役凯列班——一个智力、文明程度都落后于他的“野蛮人”，而这个奇丑无比的人事实上也有常人的心理，尤其对被奴役的命运有一种深深的怨怒，正如现实世界中一切被压迫者一样。不过，骄傲的普洛斯彼罗绝不愿意承认这个丑八怪竟然与他同为上帝所创造，他在坚信人类善良天性的良知里仍保留了这一个小小的毒瘤，这是莎士比亚“诗的遗嘱”中最耐人寻味的地方。莎士比亚似乎不曾提到过但丁，但此刻他似乎像炼狱山第一坡上的但丁一样，思量着骄傲究竟为何成为人类如此普遍的罪孽。

欧洲的启蒙运动是人类历史上的一次伟大的进步，这一运动的最突出特点，就是把以往的价值观念统统拿过来，在理性的尺度下重新检验；启蒙思想家们从文艺复兴的先辈手中接过了“反封建、反教会”的精神旗帜，他们凭理性认识了完美的人类社会的理念，并且要以这种理念为蓝图，建立新型的社会关系，当然也包括人与自然的关系。

歌德的深沉与谨慎使他仅仅肯定了人类永不停息的追求精神，但他从不认为人会一贯正确不犯错误，而浮士德的五幕追求全都是错误、全都是悲剧，这也说明歌德对浮士德最后的追求，即启蒙运动的理想王国，开始感到了忧虑，他不能再向前走了。

而沿着这条启蒙主义道路继续高歌猛进的是尼采。从文艺复兴到启蒙运动形成的自然观最终到尼采那里迈出了真理通向谬误的关键一步，尼采宣称上帝死了。尼采针对的不是自然，而是传统的基督教道德，是人类社会和人类自身，同样可以推论的是，人是自然的精华，是自然的最高境界；在他的观念里，自然和人类都失去了以往的神性；人类全凭自己的理性来裁定是非，安排人类自己的命运，而理性则有些像潘多拉魔匣上的一把锁（如果它曾经有一把锁的话），而掌握着钥匙的仍是理性自己，这就像是财务室里的会计与出纳使用了同一个人。于是自然伦理也死了，变成了人类中某些精英分子任意宰割的畜群，最终实际上大部分人类都被物化，被扔进了这个大畜群。它的终极结果预示着人类的毁灭，因为全球的核武器已经蓄积了毁灭地球数十次的能量，而人类究竟是否有必要动用这些核武器，全凭少数精英人物之间心里感觉的平衡；而一旦这种平衡被破坏，地球就会变成广袤宇宙里一个无生命的星体，这是常识而非危言耸听。也只是到了这种境地，自然伦理才如同浴火凤凰一样重新建立起它再也不需要证明的权威。

二、浪漫主义文学的自然观

浪漫主义诗人所带来的人与自然关系的否定之否定在哲学上根植于启蒙运动中自然神论的哲学思想，在文学上则重启了神话时代的自然观。启蒙运动在 反教会的斗争中提出的是泛神论（pantheism），这是一种认为神等同于自然的哲学观点，认为神就存在于自然界一切事物之中，由此否定了超自然的主宰或精神力量。就本质而论，泛神论属于唯物主义的无神论，只是仍然使用了神学的语言来进行其学说阐释。泛神论代表人物斯宾诺莎认为精神和物质皆由“实体”派生而来，而这个“实体”便只能是神。英国浪漫主义诗人在许多诗歌中都热烈表达了神性自然的意识，如柯勒律治在其诗歌中表达了“上帝与自然合一”的观点，在《致自然》中，他宣称上帝蕴含于自然之中，自然是唯一的上帝，对自然的敬畏便是对神的虔诚。

浪漫主义诗人对自然的虔诚不变，对自然的敏锐观察力和感受力不变，他们认为自然是快乐之源。他们认为乡村百姓的淳朴与自然同样保持着儿童的灵性和纯洁。与他们相比，现代人远离了自然，亲近只是偶尔之举，蓝天白云、羔羊溪水、花草树木以及鸟兽虫鱼等大自然景色很少引起麻木双眼的注意和麻木心灵的惊叹。人的悟性离开了大自然，失去了自然的支撑和依托，精明多了，智慧却少了，人的心灵被金钱和物欲所牵制，因而变得孤独与绝望，当然毫无快乐可言。浪漫主义诗人之所以把自然与儿童和乡村百姓联系在一起，就是因为他们距离大自然最近，他们与大自然的交往是直接的、面对面的、不需要任何中介和修饰的，他们身上还保持着自然的灵性和纯洁，因此他们应该成为现代人返回自然、重返精神家园的中介。

浪漫主义诗歌中的自然并非单纯的、外在的物质自然，浪漫主义诗人在表现自然之美的同时，更多的是把自然视作连接诗人内心世界与外在世界的桥梁，通过描写自然使诗人内在情感客观化，真正地实现物我相融的和谐境界。浪漫主义诗人融自己的情感于自然山水之间，视人与自然平等、人的生死同一，进而沟通着人与人、人与自然以及人与社会之间的种种关系；同时，浪漫主义诗人把工业文明重压下的人的主体精神的自由、自然在人的生存与发展中的作用以及以上帝为中心的宗教教义统一起来看待，以期建立起一种人与自然、人与社会、过去的人、现在的人、将来的人联系起来的伦理道德原则。因而，我们从生态伦理角度关注浪漫主义诗歌，可以看到它们绝对不是简单意义上的山水自然诗歌，更不是缺少历史关注和社会关怀的无病呻吟。浪漫主义诗人的自然观虽然有其超自然的、非理性的一面，但是它是以拯救人类灵魂、促进社会和谐发展的生态整体主义思想为价值标准的理性思考。

第四节　当代英美生态文学背景

20 世纪以来，生态思潮在世界范围内呈现出井喷式发展态势。生态文学作为这一股生态思潮的重要组成部分，在众多杰出生态思想家和生态文学家的推动下得到了快速的发展。

20 世纪见证了人类科学技术的飞速发展，人类自此进入了一个全新的历史时期。然而与此同时，人类也面临着有史以来最严重的生存危机。人类对现代化交通工具以及其他现代化产品的大量使用，使得石油、天然气等不可再生资源日益减少，甚至濒临枯竭；人类活动所带来的二氧化碳的过度排放导致全球性气温升高、冰川融化与海平面上升；人为造成的生态环境的破坏所造成的后果是越来越频繁的极端灾难性气候事件。上述这些生态灾难直接威胁着人类作为一个整体的生存和发展。面对这一空前严重的生存危机，许多有识之士开始对人类过去的行为进行积极的反省和批判，同时思考应对这一危机的方法和措施。于是在 20 世纪，特别是 20 世纪 60 年代以来，生态思潮在全球范围内形成了波澜壮阔的繁荣之势。生态文学作为生态思潮的一个必不可少的分支，也承担起了重要的责任。生态文学的使命在于思索并挖掘导致生态灾难的深层次的思想根源，反思、批判反生态的人类传统思想，同时通过富含生态思想的文学作品，推动生态思想的传播和发展。这可以说是生态文学在 20 世纪迅速发展的重要外部原因。

而从文学的内部角度来看，生态文学在 20 世纪后半叶的发展也和文学发展趋势的变化密不可分。20 世纪初期的现代主义文学在非理性哲学和现代心理学的影响下，把重心集中在人的精神世界或者说内部世界，而几乎不再关注外部客观世界。因此，以乔伊斯与伍尔芙为代表的意识流作家不再刻意追求文学对客观世界的模仿，而是聚焦于人的主观精神世界的刻画、挖掘和分析。然而到了 20 世纪 60 年代，这种文学“向内转”的趋势却几乎停滞，文学又开始“向外转”，或者说“向社会转”“向意义和使命转”。在这样的趋势下，文学作品又开始重新关注外部世界，关注人类社会，关注人和自然的关系。从这个意义上来讲，生态文学的蓬勃发展自然合乎情理。

20 世纪生态文学所体现出的思想大致可以划分为以下三个主要方面：生态整体观思想，欲望动力论批判和唯发展论批判，征服、统治自然思想批判。

生态整体观的思想并不是20世纪出现的新事物，把世界视为一个有机的整体的思想在西方早已有之。但利奥波德提出的生态整体主义的基本价值评判标准奠定了生态伦理的基础，同时大大推进了生态整体观的发展，利奥波德在其代表作《沙郡年鉴》（*A Sand County Almanac*）中提出："有助于维持生命共同体的和谐、稳定和美丽的事就是正确的，反之则是错误的。"他的"ISB原则"（integrity，stability and beauty）得到了西方学界的普遍认同。利奥波德的学说对长期以来的人类中心主义的哲学观点是致命的打击。在人类以往对大自然开发和利用的历史中，在自身利益与其他物种或大自然利益发生冲突时，往往是以维系自身发展为借口，对大自然进行肆意破坏和掠夺。但根据利奥波德的原则，人类在自然世界中的活动也必须遵循着生态整体利益的原则，在维护生态整体和谐的前提条件下对大自然进行合理的开发和利用。因此生态整体主义思想是生态思潮中最重要、最基本的思想。

生态思潮中另一位重要人物便是美国女作家卡尔森。她在生态文学史上是一位里程碑式的人物。她的作品特别是代表作《寂静的春天》（*Silent Spring*）推动了全球生态环境保护事业的进程，引发了全球范围内的生态思潮。该书对当时在全球范围内普遍使用的人工杀虫剂DDT所带来的生态影响进行了深刻的反思。DDT虽然能杀死害虫，但其毒素却保留在害虫体内，并转移到以害虫为食的鸟类以及其他生物体内。最终的结果便是整个生态系统遭到破坏，原本应该是鸟语花香的春天却如此寂静。作为一名生物学家的卡尔森在书中用大量的科学事实向人们证明，人类并不是万物的"中心"，不能完全按照自己的意志去彻底消灭某一种生物或者不顾一切地去扶持另一种生物。只有把大自然看作是一个整体，尊重大自然的规律以及自然界中的每一个物种，人类才能够得到长久的生存和发展。

人类为了不断满足自己的各种欲望而进行不停地工作、创造、探索与占有，必须承认，这些行为方面在整个人类的历史上推动了社会的进步。但另一方面，人类用来发展自己的资源总量却是有限的，如果人类放纵自己欲望的增长，通过不断地向自然索取资源来发展自身，甚至纯粹为了发展而发展，那地球资源耗尽的那天便是人类的末日。许多生态思想家和文学家对为发展论的观点进行了批判。美国作家艾比在其代表作《沙漠独居者》(*Desert Solitaire*)中尖锐地指出:“为发展而发展是癌细胞的疯狂裂变和扩散。”他进一步一针见血地指出，不惜一切代价、哪怕是牺牲生态平衡和人的健康的发展，其实质上并不是满足所有人类的需要，而是满足工业化的需要，满足那些“寡头和政客”的需要。艾比认为，人类应该在满足基本生存条件、在自然能够承载的范围内逐步提高生活水平的前提下，与自然和谐相处，同时注重自身精神层面的发展。艾比是一个激进的生态主义者，他提出了著名的生态防卫观，即为了保护生态而对破坏生态的行为进行有意破坏。在其另一部作品《有意破坏帮》(*The Monkey Wrench Gang*)里，小说主人公为了保护生态环境的原貌，向修建大型水坝等破坏生态环境、扭曲自然规律的行为进行了“有意的生态性的破坏”(eco-sabotage)。

征服、统治自然是人类社会古已有之且根深蒂固的思想。在西方，对人类征服、统治自然的肯定和赞颂可以一直追溯到《圣经》。英国小说家笛福的《鲁滨逊漂流记》也是人类征服自然、统治自然思想的象征。20世纪的生态文学家们对这一历史悠久的错误思想也进行了猛烈地批判。卡尔森尖锐地指出，人类之所以“征服”自然，是因为还没有意识到人类其实就是自然这个整体中的一部分。人类的科技能力在当今急剧膨胀，然而人类的意识却尚未成熟到正确地认识自己在自然界中的地位。这样的结果便是，人类征服了自然，也毁灭了自己。美国著名诗人、“垮掉的一代”的旗帜性人物斯奈德对人类征服、改造自然的行为进行了质疑和反思。他在论文集《荒野的实践》(*The Pratice of the Wild*)中，通过亲身经历，对什么是“荒蛮的、贫瘠的”土地，什么又是“文明的、肥沃的”土地的标准进行了质疑，并呼吁人们要尊重大自然。英国当代著名小说家麦克尤恩也在自己2010年出版的作品《日光》(*Solar*)中以全球变暖这一热门话题为切入点，对人类究竟应该如何以科学技术为武器改造大自然，解决气候变化难题进行了探讨。

第二章　英美生态文学的意象与思想内涵

第一节　英美生态文学的主要意象

生态问题最直接的就是人与自然的关系问题，作为整体的自然范畴和实体的自然现象描写在生态文学中占有重要的地位，自然意象也就有了独特的生态表现价值。我们说起自然时，总是把它与大地、生命、丰富、野性、和谐、自由、自在以及本色等联系在一起，“自然”不仅具有自身的生态内涵和价值，还以其巨大的包容性成为所有生命和存在得以生存、发展的依据和背景。自然是生命启程和回归的地方，是所有生命得以存在和共生之所。它是人类文化孕育的摇篮，是生命状态的参照。无论是作为万物生命在栖居中展现的大自然，还是顺应天地法则、生命秩序的自然状态，自然一直处于人类物质和精神生活的重要地位，且与人的生存、发展紧紧联系在一起。人类最早的文学就是在与大自然的交往中产生的，生态文化学也是在人与自然交往的过程中逐步确立起来的。

一、田园与荒野

田园与荒野是自然具象的典型表现，长期以来一直是人类感知自然的主要地方。田园、荒野的文学描写不仅可以成为现实生态的对照，还可以带给读者一种心理上的回归感，因为田园、荒野的自然宁静和质朴是对城市喧嚣的反抗。

“形而下的实体性自然物象都是因为它们本身的自然生命节律与人类心灵自由异质同构而在人类的精神象征活动中成为心灵自然（自由）的象征和确证，并因此成为美的对象和符号。”田园主要指乡村中未受污染的自然生态景观和乡村生活状态的描写。从传统乡土文学开始，对田园、荒野的书写就作为现实矛盾的逃避和城市文明的对立面而出现。随着社会的发展，越来越多的人聚集在城市中生活，城市生态环境污染越来越严重，而且城市生活切断了人与自然的天然联系，破坏了人内在的和谐心境，城市和城市生活在一定程度上麻木了人对大地和生命的感觉，在速度和欲望的焦虑中，人不再有与大自然相依相惜的恬然闲适。因此，作家们通过田园和荒野的描写，为我们展示了被人类疏远的生态和谐图景。他们所呈现的田园、荒野生活大多是诗意的，是被距离化、理想化和审美化了的世界，它保持了一种超越的姿态，浪漫气息和古典情调流溢其间，人与大地处在亲和关系中，人和人的生活与自然共在。

田园和荒野成为生态文学作家钟情的对象，在这里，它们作为独特的文化符号，在传统文学的基础上融会了怀旧意识、家园意识与自然意识。生态文学对田园和荒野的诗意描写和遥望与传统乡土文学的描写有着本质的区别。乡土文学中的山水、田园只是作者写作的背景和与城市文明对照的场景，是与淳朴美好的自然人格相应的客体，作者主要彰显的是乡土中的人情美，对乡土自然的写作更多的是对城市文明的简单拒绝，缺乏内在的精神力量和独立的审美价值。在生态文学中，对田园、荒野、原生态的生活方式和生命的自为状态，甚至对带有贫穷、落后且封闭的生活状态和荒野之地的审美回望和推崇，不仅成为作家对抗工业文明、城市文明、科学技术、享乐主义以及物质主义的武器，还满足了他们对现实生命缺失性体验寻求补偿的渴求。这里的乡村不是已经城市化和工业化了的现代农村，而是传统意义上保持着与大地的血脉联系的自然、缓慢、淳朴且厚重的乡村，是与人类相伴千年却仍不失原初、山野气息的乡村。在生态作家的眼里，这是人类尚可拯救的依傍、人与自然和谐相处的写真。在传统写作中，乡村、乡土与乡愁一直是很多作家的题材选择，生态文学得以在传统乡土文学的基础上展开对乡村的诗意怀想，很多作家借助传统文学中的乡土题材，融入当代生态意识，使乡村意象在生态文学的表达中成为一个独特的生态文化符号。

生态作家笔下的乡村是作为生态危机的对立面、参照体而出现的，是一个诗意的、心灵化与象征化的审美乌托邦，作家旨在借助对乡村自然的描写表现对生命存在价值的思考和追寻，由此把握人类生命意识的深层，表达对可回归和栖息的理想家园的追思与怀想，对传统文化价值回归的期待和呼唤。这是一种对现实的精神逃亡和家园的守护，是城市与乡土、异化与本真、贪欲与知足、工业文明与农业文明等文化与价值冲突的选择。而荒野是一个由自然之道演绎的世界，田园和荒野都是人类和其他生命共在的地方，在田园和荒野中人们所体验和获取的一切，都是从大地中生长出来的。“自然首先是价值之源，只是在后来，在第二性的意义上，它才是一种资源。在荒野中，我们是在体验根，这种体验是有价值的。但我们体验的对象，即这些野性的、生发生命的根是在人类出现之前就已在运行的自然过程，这些过程给我们以很多价值，而且不管我们是否意识到，它们给我们的益处都一直在我们的生命中起作用。”梭罗的《瓦尔登湖》就通过描写自己在湖畔简单的物质生活和在大自然中享受到的欢乐，通过与荒野自然中各种生命存在的交流，让那些为名利奔忙的人们看到了另一种自然生活的美好，那些深情的文字涵养了人们珍视自然、保护生态环境的心性。尽管城市带来的激情、欲望和享受是偏僻、落后、简单的乡村山野所不能替代的，但对田园生活的向往、对荒野的呼唤，成为人们日常生活状态的短暂溢出和补偿调剂。

“进入荒野实际上是回归我们的故乡——我们是在一种最本源意义上来体会与大地的重聚。”荒野是“土地及生命群落未被人占用，人们只是过客而不会总在那儿停留的区域”。荒野是指未被开发、未被人干扰的区域。今天的自然界只要荒野还存留着自然的生态景观，社会学家和环保主义者就把它视为极具生态价值的地区。历史上关于荒野的记忆总是引起人们关于“考验”“磨难”“贫瘠”“荒凉”“开拓”这类字眼的联想，如《圣经》和美国早期拓荒者记载中的荒野。曾经，地球上到处都是荒野；如今，绝对意义上未被人类干扰的荒野已经不存在了。只有生态文学的先驱者梭罗“在荒野保存着一个世界”的描述给人们带来关于荒野的无限遐想。梭罗相信文明人可以从荒野中找回在文明社会中失落的东西，可以从荒野中获得一种敬畏生命的谦卑态度。我们之所以需要荒野自然，正是因为它是具有独立于人类价值的一个领域。荒野自然有一种完整性，如果我们不能认识和享受这种完整性，那我们就少了一些东西。事实上，如果我们把所有人类意义上的“荒”都改造成耕地和城市，那无论在生态学的意义上还是在美学的意义上，都只能让我们感到生命的单调和贫乏。人类需要城市和文化，离不开对自然的改造和利用，这是人类生活水平和质量提高的需要和必然。然而，所有这一切都必须建立在不破坏自然平衡的基础上展开实施。在缪尔的《我们的国家公园》和艾比的《沙漠独居者》中，他们用大量的笔墨描写了荒野的美丽对人类生命情感的陶冶和震撼。缪尔笔下的约塞米蒂国家公园是一个恬静与安详和激昂与亢奋交织在一起的地方，一个充满生命源泉的地方，也是一个造山运动发起的地方，它充满了不可战胜、不可割裂的永恒的秩序，所有这一切通过洋溢着人格特征的岩石、风暴、树木、鲜花和动物表现出来。

乡村是以传统农业为基础的生活环境，是人与自然共生的地方。它的生活和劳作方式使人保持着与自然的亲近和依赖，对一直生活在城市的人来说，乡村和野地会带来特殊的体验，是一种本源而又新鲜的丰富和回归，不仅具有娱乐和工具价值，更有着内在的精神价值。从城市走出来的人在乡村和自然环境中能充分感受到我们的生命存在对大地的依赖，在大自然无限丰富的样貌中认识到：人不是主宰而只是众多生命中的一种。城市让我们感受到人类改造自然的强大力量，而乡村和野地则唤起我们对家园的思考、对生命的思考，体验到生命的丰富，感受到与生命内在的契合，发现生命的本质和生活的另一种可能性：简单、自由、野性、丰富、完整、生机、活力……在这一过程中，傲慢的、自大的与孤立的感觉逐渐被谦卑和感恩的生命一体感所取代，这种精神的、超越的价值与审美的一体性让读者获得极大的审美享受。生态文学把人们从生态危机现实中引入到田园和荒野眺望，让人们在田园的和谐与荒野的峻峭中思考，把生存的本来面貌带上台前，在其中体验生命、体验自然、回归存在的本源，感悟到自然万物共同经历的生与死、宁静与躁动、冲突与和解，体会到所有的存在都不是孤立的，而是在彼此的竞争中消长。同时，在今天全球性的生态危机中，田园荒野意象还让人们认识到在地球生态系统中它们所拥有的价值，从而激发起对田园荒野和谐生态的守护之情。

田园和荒野代表了大自然的性格，是泥土和河流、生命和天空的集体和声。在这里，我们可以把被忽视的生命和世界重新描绘，对田园、荒野的书写重新唤起人类对在大地上自然生活的记忆，引发对当下生活状态的思考，领会到简单生活的价值。早期人类在旷野中充满野性、自由和蛮荒神秘的生活和传统农业社会下的田园生活，其旋律是天然自足的，遵循的是以自然为法则的自然生态规律。尽管生活没有保障，而且充满劳作的艰辛，却依然保持着生命原初的美丽和质朴，自然的野性、洪荒和它巨大的包容带给人类更多的是敬畏和感恩，是彼此之间的依赖和互助，是人与人之间、人与动植物和其他生命之间血脉相连的情感。因此，对饱尝现实世界世态炎凉却无处可逃的人们，审美的距离让充满山水生命的田园生活和自然风光成为人们内在精神的归宿，田园成为与文明世界的污浊对立的审美乌托邦，被想象成一个完美自足的存在。田园、荒野是人类最初的家园所在，自然在这里还保留着它的神性和野性，生命能够“如其所是”地展开，不受促迫，艰难而怡然，荒野中充满自然生命的呼唤。这里遵循的是自然古老的法则，也是生态的法则。从山野中走出来的人类，对自然和在自然中的生活总在心底怀着乡愁和眷恋，在越来越文明和社会化的过程中总感到物欲的痛苦和回归自由与野性的渴望，在规训的世界里丧失了反思和批判的能力，盲目接受着来自时尚和流行的话语，生存的压力使人越来越言不由衷。因此，乡村和荒野在生态文学中作为特殊的文化符号表现时，必然要超越一般的意义所指，获得更多的内涵，成为人类精神上可以归隐和逃避的去处。这里是生命起航的地方，可以卸下沉重的心灵重负，回归简单和自然，通过外在的和谐通达内在完整的和谐。历史把人带离自己的根，漫世飘飞，离开人之为人的人性法则，才带来普遍分裂的出现。因此，在历史境遇中要寻得同一，首先就要返本探源，寻回自己的本真。因此，回忆就是截断历史之流，终止历史经验的离异，使人之为人的人性法则重新进入历史，在历史的有限性中重建自身。当然，对乡村和荒野的诗意表达可能与发展、文明、进步这样的话语发生冲突，如同艾米莉的《呼啸山庄》中的凯瑟琳和梅里美笔下的吉卜赛女郎嘉尔曼身上的自然野性无法与文明世界共融一样。但生态文学家是把乡村和荒野作为价值理想来建构的，是对生存现实的另一种揭示和价值追求的潜在表达，不是把它们作为遮蔽生存现实的桃花源描绘的。由于今天的乡村和荒野正受到来自人类的巨大的威胁和破坏，越来越多的作品表现了由于乡村和荒野生态系统的破坏导致自然与人的冲突、紧张和对立，人类正在陷入无家可归的可悲状态。人们必须明白一个道理，有的时候，今天最慢的速度可能正好是明天最快的速度，特别是在对原生态和环境的开发问题上更是如此，而在对待那些仍处于原生形态的民族、族群的文化样式和类型的时候尤显突出。不少人其实明白其中的道理，只是他们经常无法抵御眼前利益的诱惑。因此，对乡村和荒野和谐生态的坚守也就成为作家生态理想的守望。

二、乡愁与家园

自然是人类生存的依据和最终的归处，它赋予包括人在内的各种生命存在的可能性，它的生机与活力直接影响到所有生命体的存亡。从人类早期来看，村落的形成是自然的，其原生形态表现为氏族与环境的有机结合。一群人（一个氏族、部族或亚部族——部族的分支）随着生存、繁衍和发展，原先的环境和资源已经无法满足他们不断扩大的需要，于是重新寻找适合生存的环境。他们首先考虑的就是栖居之处能否提供这些条件。按照文化生态学的基本原理，人与环境的关系表现为适应。它有两个基本特征：对生态环境的保持、保障与保护，在和谐基础上的创造。简言之，村落的原生形态和基本的历史指喻正是生态学的、逻辑性的，村落民众必定会把自然环境中与自己关系密切的其他种类视为同类，并认同于一种虚拟的血缘关系。因此，不同的地缘村落社会生成一整套独特的地方知识体系，并为地方人群所信奉和遵守。村落的生态纽带是民众的生存之本和命根，地方民众由此产生了对生态的自然崇拜和地方性家园意识。这一切构成了村落生态的基本关系和秩序。由此可见，人类最初的家园是与自然、与土地联系在一起的，家园是人类最早获得安居和生存的地方，与自然疏离或看到丧失生命景观的自然时，人们必然会萌生出浓郁的乡愁和伤感忧虑。

人类的精神家园也同样离不开大自然。自然不仅赋予了人类各种生命情感，也是人类精神文化作用的场所，经过人工改造的自然也就成为人类精神文化的显现和表征。大自然在人类的眼里是何种存在、人类以何种方式作用和改造自然、在自然里人以何种方式生存等问题都与人类精神家园的构造有关，自然是人类肉体和精神双重栖居的家园。因此，生态文学笔下的乡愁和家园描写是一种对存在本源的探寻和回归，是对诗意栖居的怀想和渴望，这种描写和表达指向现实与精神两个层面的思考，是对现实家园和精神家园的寻找，需要安顿的不仅是肉体，还有灵魂。因此，生态文学写作中关于乡愁和家园的寻找与呼唤，有助于人类对自然家园的保护和心灵家园的关照，只有不忘家园并致力于家园守望的人才能从虚空中找回自我，无论在哪里都有所依傍，不断审视并确认自己。海德格尔从农鞋中看到的是农妇的生活和生活的所有，人类从自然中领会到的是对生命存在的承诺和安慰。同样，我们也可以透过自然——人类的家园来审视人类的现实，认真思考人类发展的出路和方向。因为，如果人类的自然家园一旦陷入绝境丧失了对生命和存在的保证时，必然带来人类对自身存在的忧思。此时，自然也就成为一面镜子，映照出人类自身心灵和行为的不同样貌。

乡愁是对现实的否定，是寻求记忆和回归故土的梦想。当乡愁攫住人的内心世界时，在对现实的失望中，对记忆中故乡的追忆和回望就成为作家寻求缓释和寄托乡愁的方式。生态作家似乎都有乡土情结，而乡土又和怀旧连在一起，那是因为曾经的乡土是未受污染和残损的，简单甚至贫乏却洁净诗意的乡土，可以成为诗人心中永远的故园和归隐之地，这样的世界才可以滋养人的心性和大地的情怀，才能让人满怀深情和眷恋。而在现代社会里，“科学与理性分解自然，把它当成质料与场地，把它当作被动僵硬之物，或把它当作机械的数理世界。市场化心理使人们在打量自然时充满了算计与利害计较。这种交易心理使自然也失去了任何神圣的色彩，失去了创造性的神秘，失去了诗意，最终当然就失去了美的光彩”。没有家园的灵魂只能孤独地到处漂泊，寻求能让自己安顿的“家”。因此，生态文学作家在作品中让自行呈现的自然成为人类理想的栖居之所，在乡愁的表达中作家更焦虑的是生态失衡背后对失衡的麻木和冷漠，要表达的是一种想要把人类从其自身中解放出来的需求。他们力图让笔下的自然超越自然，到达心灵所及的地方，写出自己的经验、感受、状态、情感与取向，使人们在自由中接近真实，看见我们的存在、我们寄寓世界的方式、我们理解世界并与世界打交道的方式。

故乡是最初的家园，是生命启程的地方，对乡土的依恋是对生命之本的感恩、体认与牵挂，是对现实需要无法满足的怅然，是在离乡路上的幡然悔悟。还乡是中外文学一个古老的母题，从《荷马史诗》中奥德修斯率众返乡开始，还乡的祈愿和情愫就一直萦绕在文学的描写中。这是家园之思，更是无法割舍的血脉相连，还乡之路是极为艰难和痛苦的。从《诗经》开始，还乡及还乡不得的乡愁就是中国传统文学的一个重要内容。现代乡土文学写作更是丰富了“还乡”的精神内涵，使乡土和还乡成为与城市文明和现代文明冲突、对立的诗意境界。与还乡相联系的，是对家园的渴望和家园的不再与重建，人人都需要家，有家才有安顿、归属和爱。古希腊的《荷马史诗》中希腊联军在远征中的乡愁和战后回归故里的急切和执著，古罗马的《埃涅阿斯纪》中埃涅阿斯和《圣经》中犹太先民重建家园的艰难困厄、《诗经》中戍边战士回到荒芜家园的凄凉描写曾经感动了多少失去家园的浪子……

尽管乡愁之感和家园之梦几乎贯穿在各个时期的文学中，但在生态文学中所展现的乡愁和家园却以一种新的问题意识丰富了传统文学中的乡愁描写。对家园的呼唤和乡愁的痛苦已经成为当代人一种普遍的心理诉求、一种时代性的和全球性的集体事件。乡愁是一种怀旧，是对已经失去和逝去的追忆和神往，是一种“不在场”而渴望“在场”的情感，是对故乡家园的思念怀想，是对现实的不信任和不适应。在时间和空间的审美距离中，故土家园成为最具审美意义的对象，通过乡愁和家园的表达成为生态乌托邦的构建方式。换句话说，家已经成为一个现代性问题，只有当现代人在一定程度上疏离了家或者失落了家园时，谈论家的意义才是十分必要和紧迫的。因此，我们所要讨论的、经由怀旧所能构建的家，就是精神的冀望所在，它必须能给人一种扎根在内心深处、人生有所依附和归宿的感觉。在此意义上，现代人所向往的家与物质存在关系不大。从生态文化的角度来看，乡愁正是由于人的生存现实与理想世界的巨大反差引发的人类对传统生存经验的追忆和依恋，在对现实的失望和拒绝中有了文化批评的意义。作家着力表达的是想要在现实中获得的生命归属感和在家感。

“还乡”与“家园”的文学关注往往始于现实生活的困厄、灾难与漂泊，是对母爱、亲情、安居和爱的渴望，它们在不同的文学表达中反复诉说着相似的心理诉求，因此在文学中具有原型（archetype）的意义。工业革命以来，人的生活越来越陷入封闭、疏离、焦虑、异化和远离本源的痛苦中，“还乡”和“家园”的文学描写在继承原有意义的同时，吸纳了现实话语使自身不断得到丰富，具有对抗现代文明和超越世俗返乡和家园的精神象征意义。生态文学写作可以继承这些母题的合理内涵，站在当代生态立场上使它们获得新的内涵和意义，通过人类与土地、与自然、与生命、与故乡以及与家园的血脉联系，在生命体验和情感观照中以生态思想、生命意识和审美批判的目光挖掘人类历史文化中深层积淀的生态内涵，让它们获得新的表现。在生态恶化的现实焦虑中，“家园”是对钢筋、水泥包裹的坚硬而远离土地的“家”的拒绝，“还乡”是对回归生存本质和诗意状态的渴望，它们是更具精神层面的思乡和回家，是荷尔德林和海德格尔笔下的“返乡”及对家园的“栖居”和“照料”，代表了一种爱护人类最深层的需要和经验的努力。我们可以看到，由于现代人的还乡病更多的是表现出人类对现代文明的情感上的不适应，出于人类在情感上对本源性的生活境界的依恋。这正表明现代文明并没有有效地安顿人类的精神生活，现代文明许诺的美好生活并没有实现。生态文学语境中的“还乡”和“家园”由于要对抗人类已成积习的破坏和污染环境的行为，重构人类的价值体系和生态观念，还乡和重建家园之路会更加艰难，较之于传统的“还乡”和“家园”表达必然更具悲剧色彩。因此，生态文学表达中的“还乡”和“家园”也因之获得了更加丰富的意蕴，把生态文学写作引入了人类最为内在和本源的情愫中。

三、城市与异化

城市和城市生活描写的意义在于它能够让我们很快进入生态危机的现实语境中，它所揭示的屈于现代人的生活方式代表了我们这个时代物质和精神的主流导向，城市中的大多数人是被城市所左右的，个体在互不相识的人群和车流中被簇拥着往前走，人们在城市里拼命工作，也拼命享受。其实，城市与乡村一样，同样是人的一种存在，两者之间根本不存在谁高谁低或谁好谁差的问题，关键是立足于人性的本然矛盾状态。城市生态和乡村生态是相互依存在一起的，是人类生活的两种基本状态。确实，任何文化都不可避免地存在着充满破坏性又具有建设性的欲望和享乐因素，正因为有了它们，文化才能不断裂变、斗争，在彼此的消长中推动着文化的更新、发展。人类不能失去的是自我反思、批判和纠正的能力，历史的真实不能被田园的虚幻所遮蔽，乡村和城市中同样充满需要抚慰的生命。然而，站在生态现实的角度来观照，由于城市人口的集中膨胀，城市工业文明对自然的巨大改造和城市工业生产带来的各种环境问题，使城市生态污染的加剧程度和人与自然关系的异化程度都远远超过了乡村。因此，城市成为作家表达现实生态危机境况的一个重要意象。

过去，人类主要居住在乡村原野，而今天，发达国家只有不到 20% 的人居住在乡村，其余的都集中在城市。现代文明的一大表征就是城市化规模和速度的加剧。城市是现代文明成果集中展示的地方，它代表着人类社会一个个大大小小的经济、文化中心，显示了人类力量对自然最有成效的改造。同时，城市也是自然生态被破坏得最彻底的地方和污染最严重的地方，传统乡村田园生活是在大自然中的生活，在这种与大自然保持亲密关系的生活中，人只是大自然的过客，人的需要也很有限，而现代城市却是一个特意制造非自然生活的场所，人们的生活主要靠技术而不是靠自然来控制，城市也是与污染有关的技术被研发和制造的中心，城市制造了一种与自然相对立，充满竞争、虚无和焦虑，与生命的自然状态相冲突的文化。城市每天生产大量的生活垃圾、污水和废气，城市对资源的需求和消耗是惊人的，或者说，城市生活的正常运转是靠资源和技术维持的，城市自我的生态系统是极为复杂又是极为脆弱的，城市的生物圈大大缩小，到处是坚硬、规则的人造物。生态文学对城市的描写主要是通过文化反思追问生态灾难的缘起，在对城市生活的描写中展示无法自洁的城市生态系统及其对异地生态的掠夺和破坏，对人类没有控制的科学技术展开批判，并通过生态灾难带来的毁灭性破坏进行预警。“城市最具破坏力之处是它切断了人与自然的连接。我们住在人造的环境里，与自己挑选出来的动植物为邻，自认逃离自然的局限，天候与气象对我们不再有直接冲击。我们所吃的食物大半经过盒装处理，既看不到它源于土地，也不能目睹处理过的鲜血、羽毛与鳞片。我们忘记生活用水与能源的来处，也不知道垃圾与污水去向何方……都市人远离了乡村的真实世界，失去了在自然求存的技巧，变得呆滞、傲慢与迟钝。”因此，城市也成了生态恶化的聚集地和发源地，代表了科技和理性对自然的彻底“祛魅”。然而，事实上城市承载的是时代的风尚和流行的样式，生活和行走在一个什么样的城市，是今天很多人衡量自我价值的重要标准。城市带来的激情、欲望和享受是偏僻落后、简单的乡村不能替代的，城市是他们现实的家，他们只能生活在现实而不是理想中。由于城市是一个地区经济、文化的中心，拥有便捷的交通、发达的经济以及优越的医疗教育等机构和设施，因此，人们一方面厌恶城市，另一方面又离不开并享受城市。城市化尽管是生存和文化上的“异乡”，但具有不可抵挡的诱惑，如同在城里打工吃尽苦头的祥子，却永远不肯再离开城市。对乡村田园的向往，只是他们日常生活状态的短暂溢出和补偿调剂，很少有人能真的像陶渊明那样“守拙归田园”。因此，在城市生态的困境面前，城市人的内心是极为矛盾、惶惑的。

城市对自然环境的感知力极为贫弱，因为它是一个由人类制造的、由非自然的物体所包裹的生活空间，城市生活的主旋律是在高楼阻滞的狭小自然空间和不断变换、纷繁复杂的人际空间，城市是生产发明各种非自然物的中心和力量，也是导致生态污染、环境恶化的主要来源，同时城市还是最缺少环境自洁能力的地方。城市改变了人们对环境的感觉和适应环境的能力。飞机、汽车所产生的噪音不断地冲击着人们的感官，空气污染使人们咳嗽和流泪，机场、车站和道路的拥挤造成许多悲剧和焦虑，人与人之间的空间变得越来越狭窄。人们必须很快适应周围环境的残暴改变，必须很快改变过去习惯的生活方式，但这种适应总赶不上环境改变的速度。在这里，新鲜的空气是无处可寻的，空气必须受到空调器的过滤，空气变化的消息被封锁了。在这里，每个人要依靠电梯出行，行动是如此不方便，使人们再也不可能随时到户外呼吸新鲜空气。在有些大楼里，堂而皇之的门厅和警惕的门卫使得无论哪个房客都不能期望一个不速之客的忽然访问，贵客突访造成的惊喜再也不可能了。城市剥夺的不仅是自然的资源，还包括整个文化资源。在城市人造技术环境的扩张中，人们对自然的感觉和选择被人为的虚假和舒适所破坏，他们的生活不再与大自然发生太多的联系，他们不再有对大自然的神秘敬畏和依恋，不会在季节和天色的变化中操持着生计和忙碌农作物的收成，他们的感受被同化和整齐划一了。这实质上是对来自生命和土地真实感受的扼杀：不仅带来环境的污染和资源的浪费，还会让人彻底丧失从大自然中获得的生命感和知觉能力。因为在人发生的所有变化中，最深刻和最不容易理解的变化是土地、气候以及生长着的生物的失去。

这些东西传达给人的不仅是美好的外部自然，还有人关于其自身身体的认识和感受。人们对自己的生态需要的所知越来越少。

更重要的是，我们中很多人已经习惯了这种剥夺。城市在成长的过程中没有让人类的心智得到健康成长，在制造自然污染的同时城市也制造了大量的文化垃圾和精神污染；城市凭借着自己强大的科技显示了对科技和力量的崇尚；城市遵循的是竞争的法则，在所谓公平、公正的面纱下，其实是对人的自由本质和情感世界的剥夺；城市用时尚、享受、富裕和发展等话语以及闪烁的霓虹构建了自己的神话，在表面的魅力下瓦解和吞噬了人类对传统生活和大自然的记忆和留恋，让人类在城市中成为异化者。正如本雅明在《发达资本主义时代的抒情诗人》中所引用的恩格斯对伦敦城市居民状态的描写那样："如果在这座城市的主要大街上挤上几天，就会看到，伦敦人为了创造充满他们城市的一切文明奇迹，不得不牺牲他们人类本性中的最优良部分；有多少徙居于这座城市的人由之成了无用的人并被挤到了下层。……就在那街道的拥挤当中已包含着某种丑恶的、违反人性的东西。……谁也没有想到要去看一眼他人。所有这些人越是聚集在一个小小的空间里，每个人在追逐个人利益时的那种可怕的冷漠、那种不关心他人的独往独来就越让人难受，越使人受到伤害。"因此，对作家而言，没有比城市更好的形象可以有如此的集中代表性来表现现代全面生态危机的境况，他们在城市中发现了与生态问题拥抱在一起的绝好题材，可以通过对城市的书写恢复人们对世界的感知。城市更多地承载了文明，而文明容易将本真间接化，人们很难透过层层面具而一窥其真。当然，城市在这里和乡村一样，并非一个具象实体，其象征性远远超过了它的实指性。

与城市生态相对应的，是各种各样的异化形象。所谓异化，是对常态的变形和扭曲，它既指向肉体的异化，也指向灵魂、精神的异化。当代科技在生物工程上所取得的巨大成就让人们在兴奋的同时满怀忧虑，遗传基因的改造和异变所引发的潜在危险可能导致人类和整个地球生态系统的毁灭。此外，在各种化工材料和核技术的生产使用过程中，只要稍不注意就会给人类、地球及地球上的各种生物带来可怕的灾难，发生环境的急剧恶化和基因的突变。当人经过近代科学和近代哲学的双重努力而成为物本主义和欲望主义的人时，必然要指向对自然世界和人自我的双重征服、改造与掠夺。作家们主要通过由于环境污染、不受控制的生物技术和过度膨胀的欲望所导致的生态灾难，来表现被恐怖的自然环境笼罩和可怕的异化物所充斥的世界，作品的整体基调都充满着恐怖、孤独和绝望。例如，俄罗斯作家达吉亚娜·托尔斯泰娅笔下的《斯莱尼克斯》描写的成为废墟的莫斯科和长出鸡冠、尾巴、三条腿、独眼、狗样的人类。德布林的《山、海与巨人》中狂妄的人类企图利用技术把格陵兰的冰山融化后获得洁净的水，结果却自掘坟墓：冰山下一大堆古生物的尸身彼此胡乱纠缠、搭配在一起复活了，奇形怪状的怪物们恶狠狠地向人类扑来……

生态文学的异化不等同于西方现代派文学中的异化，尽管两者在手法上都采用变形强化形象的象征和隐喻效果，都具有文化批判和危机意识的特征，都是对生命本源迷失状态的揭示，但现代派文学中的异化主要表现的是个体生命在现实激烈竞争和紧张生活中的主体感受，突出的是人与人关系的冷漠隔绝，是金钱和物质对人的异化和扭曲，是社会作为异己力量对个体生命的挤压，是人对生命感知能力和现实应对能力的丧失，如卡夫卡的《变形记》和尤奈斯库的《犀牛》就是其中的代表。生态文学中的异化描写则主要呈现盲目的科技、工业污染和核辐射等生态问题带来的巨大危害，凸显的是现实生态话语的迫切，是对现实潜在生态危机和灾难的想象。

四、动植物与生命

动植物在很多生态文学作品中是主要描写和表现的对象。作为与人同样的生命存在，动、植物不仅是生态灾难的直接受害者，而且还是人类暴行的直接施予对象。对非人类生命的热爱能唤起我们命运的共同感，给人类带来温暖和安慰，而对其他生命的残暴则映照了人类的自私和冷酷，折射了人类内在心灵的孤独和绝望。生态文学对动、植物的生命的描写主要有两类：一类是对丰富多彩的动、植物世界和人与动、植物和谐亲密关系的描写，如梭罗的《瓦尔登湖》、利奥波德的《沙郡年记》和缪尔的《我们的国家公园》等。梭罗在瓦尔登湖畔独居的日子其实并不孤独，因为他有湖泊、有森林树木和各种动物做邻居，和野鼠等小动物像朋友那样相处：在冬天里给松鼠和小鸟喂食，麻雀放心地飞到他的肩膀停歇，松鼠淘气地从他的脚上踩过，野兔和他成为邻居。还有一类对动、植物的生态书写揭露、批判了人类对待动、植物的暴行，表现了在自然环境破坏和人类疯狂的杀戮、掠夺下动、植物濒临灭绝的命运，如艾特玛托夫的《死刑台》、莫厄特的《与狼共舞》和加里的《天根》等。艾特玛托夫在《死刑台》中描写了母狼阿克巴拉一家被人类赶尽杀绝的悲惨命运：一对狼夫妇在人类利用各种武器的围猎中失去了自己的三个孩子和家园，被迫离开荒野逃走，在一个湖滨安家生下了五个孩子。可人类为了开采这一带的矿藏，竟然一把火把一望无际的芦苇荡全烧了，狼的五个孩子也被烧死了。两只狼又开始伤心地逃亡，最后在一个山岩下安了家。它们再也无路可走了，前面已是茫茫的大海。这一次，它们又生下一窝四个孩子。结果，它们的孩子被人给偷走拿去卖。狼夫妇发现后一路追赶，围在偷盗者藏身的地方哀号。最后，一再失去孩子的母狼把一个小男孩叼走，它只想做这个孩子的母亲，只想让自己的母爱能够有所依托。最终，人类的子弹在击中母狼的同时也打死了这个无辜的孩子。狼的悲愤和人的自私形成对照，多么可怜的狼，多么残忍的人！艾特玛托夫颠覆了我们对人与狼关系的传统认识，在人对狼的暴行中展开对人类道德良心的拷问。

生态文学作家们把动、植物作为有生命意识的人类的共同体来书写，超越了传统文学中把动物视为神灵和猎物的观念，摆脱了神秘主义和人类中心主义的褊狭，在对生命普遍尊重的基础上，站在把所有生命都视为生命的立场上，赋予每一种生命以情感和尊严，承认每一个生命和每一种生活方式的合理和珍贵，尊重和平等看待每一种生命及其生活，在生态文学写作中让它们作为有情感和尊严的生命而存在，从而使人类超越自身狭隘的认识。生态作家对动、植物的描写是在主体间性的立场中展开的，它摆脱了传统审美主体与审美对象之间的对立，物我交融，契合为一。动、植物成为人性化的、与人类交往对话的生命存在，它们自然的存在状态与今天人类的生存状态形成对照，在人类对动、植物肆意地掳掠和征服中凸现它们生命的神奇、灵性和它们捍卫生命的惨烈、悲壮，警告目空一切的人类即将面临随着动、植物的毁灭而到来的生存危机，指出只有动、植物与人类相互和解之时，才有可能真正重建生态系统的平衡。

生态文学通过各种意象生动形象地表现了丰富的生态主题内容，这些意象在带给读者审美享受的同时也引发了读者对生态问题的关注和思考，从而构建起由作者和读者共同组成的心灵共同体，形成生态共识并对人们的行为和道德产生积极而深远的影响。

第二节　英美生态文学的思想内涵

一、对征服与统治自然的批判

梭罗在日记里质问道："非得把河滨的樱草花移植到山坡上吗？'此地'即它萌芽生长之处；'此刻'即它姹嫣怒放之时辰。设若阳光、雨露降临'此地'，催促它绽放成长，我们应否僭越此地攀折它？可否因为私心而将它移植至暖房去呢？"

在《缅因森林》里，梭罗对登山者渴望征服地球所有高山顶峰发出了谴责。他说："山顶是地球未造完的部分，爬上那地方，刺探神的秘密，考验它们对人类的影响，这是有点侮辱神明的。也许只有胆大妄为、厚颜无耻的人才会去那里。原始种族，如未开化的人，就不会去爬山，山顶是他们从未去过的神圣而神秘的地带。"与之相反，现代人却"习惯于认定人无处不在，每一个地方都有人的影响"。梭罗模仿大地母亲的口吻对登山者发出警告："这个地方不是为你准备的。我在峡谷里微笑还不够吗？我从未把这块土地作为你的立足之地，没有把这里的空气供你呼吸，让这些石头作为你的邻居，我不能在这里怜悯你也不能爱抚你，但我永远会无情地把你从这里赶到我能宽容的地方。为什么在我没有召唤你的地方来找我，然后埋怨因为你发现我只是一个后娘？”艾特玛托夫在《死刑台》里也痛批了人类把魔掌伸向莫云库梅荒原等人类并不居住的地方，呼吁人类给世界留下一些净土，不要去打扰践踏这些地方。

华兹华斯在《泉水》里指出，“对于大自然”，千万不要“做无谓的争斗”。在《劝诫》一诗里他又告诫人们：不要“从大自然的书上把这珍贵之页撕下”，不要为了自己的贪欲去亵渎自然，因为“凡现在使你着迷的一切，从你插手的日子起就消失”。

卡森认为，最主要的根源就是支配了人类意识和行为达数千年之久的人类中心主义。她指出，“犹太—基督教教义把人当作自然之中心的观念统治了我们的思想”，于是“人类将自己视为地球上所有物质的主宰，认为地球上的一切——有生命的和无生命的，动物、植物和矿物——甚至就连地球本身，都是专门为人类创造的”。人类中心主义突出表现在人类征服和统治自然的叫嚣和行径中。令卡森特别愤慨和痛心疾首的是，这种征服和统治自然的行径仍然盛行，而且还愈演愈烈。

俄罗斯诗人伊萨耶夫在《猎人射杀了一只仙鹤》里告诫道：“人不是大自然的帝王，不是主宰，而是自然之子。”

在美国当代印第安诗人布鲁夏克的想象中，人类中心主义所导致的结局一定是这样的景象：

如果我们假定
我们是中心，
鼹鼠、翠鸟、
鳗鱼和小狼
在恩宠的边缘，
那么……

如同一个个死月

围绕一轮冰冷的太阳！

《白轮船》里残忍的猎鹿者声称："鹿是在我们的土地上打死的。凡是在我们领地上跑的、爬的和飞的，从苍蝇到骆驼都是我们的。我们自己知道我们应当如何对待自己的东西。"这种辩解令人联想到《圣经·创世纪》里上帝赋予人的权利，它清楚地显示出征服和蹂躏自然的思想：人类是万物之主，人类早就获得了上帝的授权，人类可以对自然万物随意处置。在这种思想基础上，人类渐渐养成了一种习惯：以征服自然为荣，以征服自然取乐，而且越是难以征服的对象就越能给人类征服的乐趣和荣耀。

路易斯在《人之废》里指出："人类对自然的征服在其功德圆满的时候却是自然对人的征服。每一次我们似乎是胜利了，却一步步地走近这一结果。自然所有表面的退却，原来都是战术撤退。当它诱敌深入的时候，我们却认为它是节节败退。在我们看来它是举手投降的时候，其实它正张臂擒伏我们。""人类对自然的征服实际上已是征服的最后一幕，剧终也许为时不远了。"

加里在《天根》里断言，人类目前所走的这条通过征服自然来发展文明的道路是一条绝路。"目前威胁这群动物的不仅仅是猎人——还有树木被伐光、耕地的增多，一句话，人类的进步！""人类已同空间、大地，甚至他所赖以生存的空气发生冲突……自然的地盘越来越少。""当我们还在杀害身边这些最美好、最高贵的生命时，我们有什么资格侈谈人类的进步……难道我们真的再也不能尊重大自然、尊重生机勃勃的自由了吗……只讲求实用的文明，到头来总是要走到绝路上去！"

征服和统治自然也许会给人带来一时的、自以为是的快乐，但由于失去了与自然的和谐关系，人类将承受长期的精神痛苦。

许多生态文学家还意识到，人对自然的征服和控制反过来又强化了人对人的征服和控制。阿斯塔菲耶夫指出，在戕害自然的同时，"人的心理在变化，不知不觉地在变化""人人都中了蛊毒，大伙儿都病入骨髓。为一支猎枪，为一条小船，为一点弹药和食物，都可以拼命！”“一个人一旦见了血不再害怕，认为流点儿热气腾腾的鲜血是无所谓的事，那么这人已在不知不觉中跨过了那条具有决定意义的不祥之线，不再是个人了，而成了穴居野处、茹毛饮血的远古时代的原始野人，伸出那张额角很低、獠牙戳出的丑脸，直勾勾地瞪着我们的时代。”

艾特玛托夫也从批判人对自然的征服转向批判人类社会内部的征服：“在那里，为了一些人的统治，为了征服并凌辱另一些人，总是血流成河。”“人与人之间的势不两立，诸王之间的领土纠纷，思想的对立，傲慢与权欲的排外性……主啊……为什么你要赐予那些互相残杀、把大地变成大众耻辱的坟墓的人以智慧、语言以及能创造万物的自然的双手！”“人类还将进入太空，带着令人憎恶的贪婪，互相争夺宇宙空间，妄图取得银河系的统治权……当这些人把自己看得高于上帝的时候，对他们来说，上帝算得了什么？”“这就是富于理性的人类的历史的终了。为什么会发生这种情况，人类怎么能灭绝自己的后代，毁于一旦，彻底被消灭？”作者恨自己不能像先知那样，“敲打他沿路经过的所有窗子，呼喊着：快起来，人们，灾祸临头了”。他呼吁人类立刻清醒过来，共同思考如何才能使人“不再贪求对别人的统治，如何使他不再堕落，为所欲为”。

二、对工业与科技的批判

19 世纪以来，人类的工业生产和科学技术飞速发展。然而，工业和科技的发展并不都表现为正确认识自然、合理利用自然、在自然能够承载的范围内适度地增加人类的物质财富；在很多情况下，表现为干扰自然进程、违背自然规律、破坏自然美和生态平衡、透支甚至耗尽自然资源。工业和科技文明对自然的征服和破坏，在 20 世纪达到了前所未有的程度。正因为如此，生态文学向工业化和科学技术发出了强烈的质疑和激烈的批判。

应当指出，一些作家的批判有矫枉过正的倾向，但他们看似极端的批判都有着良好的动机，那就是使人类安全、健康、长久且诗意地生存在这个星球上。更应当指出的是，科学技术绝对不能置身于被监督的范围之外，科学技术头上的光环绝不意味着其享有不受文学家、哲学社会科学学者和一切追求真理、正义和良知的知识分子批判的特权。失去了监督、批判和制约的科学技术，就像失去了监督、批判和制约的权力一样，肯定会失控，肯定会走向专制（科技专制）和疯狂。而且，工业化和高科技早已使人类具备了将地球毁灭的能力，因此，一旦科技与工业发展失控，它所导致的后果很可能比政治集权的后果更为严重，很可能给整个人类和整个生态环境带来毁灭性的灾难！

生态文学对工业和科技的批判并不是要完全否定工业和科技本身，而是要突显人类现存的工业文明和科技文明的致命缺陷（下述批判都是针对现存缺陷的），促使人类思考和探寻发展工业和科技的正确道路，以及如何开创一种全新的绿色工业和绿色科技。

正因为如此，生态文学对工业和科技的批判具有特别重大的意义。

梭罗反对无视自然保护地滥造铁路。他把穿过瓦尔登湖畔森林的铁路称作一支飞箭，而瓦尔登湖就像一个靶子“被一支飞箭似的铁路射中”。他又把火车比作一匹铁马：“如雷的喘声回响在山谷，脚步震撼得大地颤抖，鼻孔喷烟吐火，……看上去仿佛大地现在有了一个配得上在此居住的新种族。”火车“玷污了‘宝灵泉’，吞噬了瓦尔登湖边所有的树木”，瓦尔登湖在梭罗心中就是自然美的代表，而铁路和火车则是破坏了自然美的工业文明和科技发展的象征。

美国诗人杰弗斯在《大拉网》一诗中把现代工业文明和城市文明比作巨大的罗网，那罗网把人类一网打尽：“……我们开动了一台台机器，把它们全部锁入/相互依存之中；我们建立了一座座巨大的城市；如今/在劫难逃。我们聚集了众多的人口，他们/无力自由地生存下去，与强有力的/大地绝缘，人人无助，不能自立。圆圈封了口，网/正在收。他们几乎感觉不到网绳正在拉……”

工业文明将人类一网打尽，多么可怕的比喻，又是多么令人警醒的意象！

著名生态思想家麦克基本在 1989 年出版的《自然的终结》一书里把当今

世界称为“后自然世界”（postnatural world），因为自然已经终结了。“后自然世界”的一个突出特点就是什么东西都用光了或者就要用光了。美国小说家厄普代克“兔子”系列小说的最后一部《兔子安息》就表现了这样的世界。“兔子”系列反映了美国20世纪50年代（《兔子跑吧》）、60年代（《兔子归来》）、70年代（《兔子富了》）和80年代（《兔子安息》）的社会状况，象征着美国人为现代化的、富裕的生活而奋斗的过程。然而，这种奋斗是以破坏自然、耗尽有限资源为代价的，这个奋斗过程的“最佳称呼是‘肚子的故事’”，即满足欲望的故事，令人联想起古希腊神话里的厄律西克同。“兔子”哈里奋斗的最后阶段，“反映了这个国家的腐朽和衰落，美国已经是后自然的土地”，用小说里的话来说就是“我们把它全部用光了——世界”，接下去的只能是灾难。

从19世纪玛丽·雪莱的《弗兰肯斯坦》到2003年阿特伍德的《“羚羊”与“秧鸡”》，许许多多的作家通过自己的作品对这种可能的灾难发表了看法并提出了警告。

玛丽·雪莱的小说《弗兰肯斯坦》堪称人类的一部最优秀的生态小说，也是第一部反乌托邦生态小说。它预示了人类企图以科技发明主宰自然却反过来被自己创造的科技怪物所主宰的悲剧。小说主人公维克多·弗兰肯斯坦是个科学家，把自然科学当作支配他“一生命运的守护神”。在科学探索的狂热和获得巨大声誉的渴望的推动下，他用死人骸骨创造了一个巨人般的怪物。那个怪物很快就成为一种异化力量，它以残杀弗兰肯斯坦的弟弟、好友、妻子和其他无辜者的方式胁迫科学家满足它的要求。它恶狠狠地对它的创造者说：“你这无赖……你给我记住，我是强有力的。你以为你够倒霉了，可我要叫你雪上加霜倒大霉……你创造了我，可我才是你的主人。服从我的命令！”生态文学研究者克洛伯尔认为，这个怪物完全可以比拟为20世纪的原子弹或未来的基因怪物。玛丽·雪莱描写道，弗兰肯斯坦决定不为他的怪物创造一个同伴（可比拟为氢弹），否则两个怪物联合起来必将毁掉整个人类。这样的情节与一百多年后人类发明核武器以及所面临的核灾难之恐惧，竟然是如此相似！克洛伯尔因此而断言:“这是有关科技摧毁整个人类之可能性的第一次文学描写。”

三、对欲望的批判

在梭罗笔下，欲望恶性膨胀的人是这样的:“贪婪攫取的长期习惯使他的手指变成钩状的、骨节突出的鹰爪……他所想的只有金钱价值……他榨干了湖边的土地，如果愿意他还可以抽光湖水……他可以抽干湖水出售湖底的淤泥……农场里的一切都是有价的，如果可以获利，他可以把风景甚至把上帝都拿到市场出卖。他根本就不知道，‘所有生物都跟他一样有生存的权利’。野兔子临终前哭喊得像一个小孩！”

在《自然历史散文》里，梭罗进一步指出:“大多数人，在我看来，并不关心自然，只要他们活着，能得到一笔钱，他们就出卖自己拥有的大自然的那份美丽——并且许多人还只不过是为了一杯朗姆酒。谢天谢地，人还不会飞，还不能使天空像大地一样荒芜!”然而，梭罗低估了人类破坏自然的能力。在梭罗身后一百多年的时间里，人类不仅把天空弄得乌烟瘴气，造成了面积比美国国土面积还大的臭氧层空洞，还飞向太空，在那里大量抛弃垃圾，甚至布置武器。

随着人类社会的发展，人们对物质的需求急剧膨胀，人的无限欲望与自然的有限供给的矛盾越来越尖锐。哈代痛苦地指出了这个“悲哀的事实——人类在满足其身体需要方面的发展走向了极端……这个星球不能为这种高等动物追求不断提高生活需要的幸福提供足够的物质”。

华兹华斯指出，物欲膨胀不但伤害了自然，而且也伤害了人自身，使人丧失了他的天真纯洁和美好的心灵。

这尘世拖累我们可真够厉害:
得失盈亏，耗尽了毕生精力;
对我们享有的自然界所知无几;
为了卑鄙的利禄，把心灵出卖!

看看那些“打猎取乐者”吧！他们哪里还顾得上欣赏自然美景，他们所渴欲的只是如何迅速地获取更多的猎物，他们“恨不能更快地飞过他们本应当来观赏的田园”。

缪尔在《我们的国家公园》中指出：“利令智昏的人们像尘封的钟表，汲汲于功名富贵，奔波劳顿，也许他们的所得不多，但他们却不再拥有自我。”“成千上万心力交瘁生活在过度文明之中的人们开始发现……由过度工业化的罪行和追求奢华的可怕的冷漠所造成的愚蠢的恶果中猛醒的时候，他们用尽浑身解数，试图将他们所进行的小小不言的一切融入大自然中，并使大自然添色增辉，摆脱锈迹与疾病。通过远足旅行，人们在终日不息的山间风暴里洗清了自己的罪孽，荡涤着由恶魔编织的欲网。”

在生态文学家看来，那条自我拯救的新路有着几个重要的标志：勇敢地承担起人类的生态责任或使命，追求尽可能简单化的物质生活和无限丰富的精神生活，重返人与自然的和谐。

第三章　英国经典生态文学研究

第一节　罗伯特·彭斯的田园诗歌

一、彭斯的自然意识与生态价值

华兹华斯与柯勒律治 1798 年携手合著的《抒情歌谣集》（*Lyrical Ballads*）一直被文学界认为是英国浪漫主义诗歌的真正崛起，华兹华斯 1800 年撰写的《〈抒情歌谣集〉序言》被看成是英国浪漫主义诗歌运动的宣言，但是，我们也不可否认，在早于两位诗人之前的苏格兰大地上已经有一位农民诗人罗伯特·彭斯（Robert Burns，1759—1796），用他特有的淳朴，自然极富乡土气息的语言，一扫 18 世纪古典主义、伤感主义沉闷忧郁的诗风，表达了对现存秩序的鄙视、对未来平等社会的向往和热爱大自然、劳动人民的浪漫主义自由情怀，诗人的自然情结与其诗歌中浓郁的乡土气息，为 19 世纪浪漫主义诗歌的发展奠定了基础。

"使用真正的语言""选择微贱的田园生活作题材"，是以华兹华斯为代表的英国浪漫主义诗人们的诗歌主张。综观彭斯的诗歌，采用苏格兰方言、选择劳动人民生活题材以及他的诗歌命题，无疑证明了彭斯是《〈抒情歌谣集〉序言》中诗学思想的最先实践者，只是他没有用理论的形式表达出来，同时因为他生活于 18 世纪古典主义诗歌盛行的时候，人们对其作品及作品风格重视不够。实际上，作为一个地地道道的农民，彭斯具有普通农民身上最自然淳朴的品格，这使他不愿迎合当时虚伪做作的社会风气、华丽浮躁的诗歌风格；同时他对普通劳动人民生活的深入了解、对与之朝夕相处却日渐被工业化发展破坏的大自然的悲悯与热爱之情，使其一生创作了几百首反映苏格兰劳动人民生活、劳动、习俗和思想情感的歌谣。彭斯在 1786 年出版的《主要用苏格兰方言写的诗》（*Poems*，*Chiefly in the Scottish Dialect*，1786）和另一浪漫派诗人布莱克 1789 年出版的《天真之歌》（*Song of Innocence*，1789）、1794 年的《经验之歌》（*Song of Experienc*e，1794），均已较早地表现了强烈的关注人文、关注自然的浪漫主义情怀。由此，彭斯和布莱克一样被认为是英国浪漫主义诗歌运动的先驱之一。

彭斯是 18 世纪后期英国诗坛上的一颗耀眼新星，被誉为苏格兰有史以来最杰出的农民诗人。彭斯出生于苏格兰西南部一个贫穷农民家庭，由于家境困难，他从小就开始在田间劳动。繁重的田间劳作不仅没有消磨诗人满腔的诗情，反而使他更加理解劳动人民的生活与情感、更加热爱与之朝夕相处的大自然。劳动之余，彭斯大量阅读苏格兰诗人和英国作家的作品，如休谟的哲学、弥尔顿的《失乐园》以及荷马、莎士比亚等人的作品。1786 年他出版的《主要用苏格兰方言写的诗》受到读者的热烈欢迎，评论家好评如潮。随后，他受邀到爱丁堡，成为王公贵族的座上客，还骑马到边境及北部高原地区游历，凭吊 13 世纪抗英英雄华莱士的故乡和布洛士击败英军的古战场。这次游历使彭斯大开眼界，不但赋予他强烈的历史感和民族自豪感，而且更重要的是使他有机会领略大自然的美好风光并从民间歌谣中汲取了丰富的养分。可以说，彭斯的创作有着坚实的生活内容和深厚的民间基础。彭斯认为，大自然所赋予他的创作灵感和激情，比矫揉造作的生硬学问更重要，也更自然。彭斯诗歌不但体现了强烈的乡土情怀和人文关怀，而且更重要的是彭斯较早地把人与自然的关系提升到人与人关系的伦理高度上，这种充满智慧的自然意识正是英国浪漫主义诗歌重新得到学界关注的原因，为生态危机的今天人们价值标准的重新确立提供了思考。

二、彭斯的自然伴侣

彭斯对大自然的热爱和颂扬不仅表现在对象征美好、自由、纯洁的花朵、绿树和青草等植物的描写上，还生动地表现在他对与自己朝夕相处的动物的描写上，彰显出诗人尊重自然、热爱生命的自然伦理观。他在《新年早晨老农向母马麦琪致辞》中的最后写道：

别以为，麦琪，我忠实的老仆，
如今你不再该获得什么，
老年也许以饿死结束；
最后一担麦子，
一把两把的我总会留着，
准备留给你吃。

一同衰老，到了晚年，
让我们一道颠颠簸簸；
我将在留下的麦地上面，
把你的缰绳系好，
不用费大力气，你就在那边，
舒舒服服吃个饱。

这里，诗人像是在跟一个相濡以沫、彼此真诚相待的好朋友、好伙伴表达心意，又像是在对陪伴自己走过一路艰辛、白头偕老的老伴倾吐心声，而实际上则是在同曾与自己一同劳动、一同嬉戏的老马麦琪拜年时的话语，充满深情和真切的爱怜。一匹马在别人的眼里也许只是用来替人干活的工具，而在一个热爱土地、热爱自然的农民诗人眼里，它却与人类平等，有着与人类一样的权利，正是它们的存在使人类生存的世界变得美好与和谐，我们当然应该尊重与爱护它们。

如果说诗人对陪伴自己多时的老马给予同情、理解和关爱是人之常情的话，那么，田间地头的一个小田鼠又何以让诗人如此伤怀、怜悯呢？更何况鼠总被人类看成是敌对之物，它们破坏庄稼、偷食粮食，几乎是人人喊打，而作者为何对其产生怜悯之情呢？这难道只是诗人的无病呻吟吗？深读文本，我们会觉得诗人表达的不仅仅是对以小田鼠为代表的自然之物的同情与怜悯，还有对理性时代造成的人类中心主义的否定与批判。《小田鼠》的前两节这样写道：

光滑、畏缩、胆怯的小东西，
啊，你心里是多么恐惧！
你不用慌慌张张逸去，
突然向前猛冲，
我不想拿着凶残的犁，
跟在背后追踪。

人的统治，真叫我遗憾，
中断了自然界的交往相连，
证明了那么一种偏见，
使你见了我这个人——
你可怜的朋友，又同是生物，
便会大吃一惊！

诗歌的第一节先用“光滑、畏缩、胆怯”等词汇把一个可怜的小动物形象展现在读者面前，使任何一个读者的心中都会陡然生起一种怜悯之情；接着诗人用“我不想拿着凶残的犁，跟在背后追踪”这样的动情之语来抒发自己对自然万物深深同情的同时，似乎又在批判人类的残忍。

诗歌的第二节道出了作者的本意：是“人的统治”“中断了自然界的交往相连”。小田鼠“畏缩、胆怯”，见了人就“慌慌张张逸去”，这种自然界的交往中断正是因为人的凶残，总是拿着“凶残的犁”“跟在背后追踪”。同为大地之子，同为必死之类，本应相亲相融，可为什么人类总是那么贪婪和残酷？所以诗人发出深深的自责：“人的统治，真叫我遗憾，中断了自然界的交往相连。”

诗歌接下来的三节更加具体地描述了小田鼠的“小窠”怎样在“大风呼呼”的冬季变成了“废墟”，眼看“田地荒芜而空静”“冬天飞快来临”，“你原来打算在这儿住定”，可是“哗啦一声！犁刀够残忍，打你的窠里穿过”，使“你无屋无房”，无处“躲避冬天的雨雪和那冰冷的白霜”！同情、可怜小田鼠的无助与控诉人类的残暴的创作意图昭然若揭。接着，诗歌的最后两节把诗歌主题引向深入：“最妙的策划，不管人和鼠，都会常常落空，留下的不是预期的乐趣，而是愁闷苦痛！”小田鼠安家的计划被人类破坏值得同情，而人类自认为能够通过对外部世界的理性认识达到控制自然的目的，结果反而带来了生态环境被破坏、人性被异化的后果的情况则更值得人类反思：人与自然究竟应是什么关系？人应该怎样摆正自己在自然界的位置？人怎样才能真正获得最佳生存状态和最佳生存方式？彭斯用最朴实的语言、最普通的自然形象传达着他那极具现代价值的生态智慧。

诗人不是在简单地描述一个从不被人类关注的小田鼠，而是借助小田鼠的境遇来诉说人类的无知，批判人类的骄妄。

此外，彭斯的自然之情还总是与他对祖国、对家乡人民的热爱紧密地结合在一起。请看他的《我的心儿在高原》(*My Heart's in the Highland*)：

我的心儿在高原，我的心不在这儿；
我的心儿在高原，追逐着鹿儿。
追逐着野鹿，跟踪着獐儿；
我的心儿在高原，不管我上哪儿，
别了啊高原，别了啊北国，
英雄的家乡，可敬的故国，
不管我上哪儿飘荡，上哪儿遨游，
我永远爱着高原的山丘。

别了啊，高耸的积雪的山岳，

别了啊，山下的溪壑和翠谷，

别了啊，森林和枝丫纵横的树林，

别了啊，急川和洪流的轰鸣，

我的心儿在高原，我的心不在这儿，

我的心儿在高原，追逐着鹿儿，

追逐着野鹿，跟踪着獐儿，

我的心儿在高原，不管我上哪儿。

这里诗人满怀激情地歌颂自己美丽的家乡，其对自然、对祖国的热爱洋溢于字里行间。

彭斯的诗歌涉及广泛的题材，有对政治、社会的批判与讽刺，对宗教神学和虚伪教条的反叛与针砭，更有对自由与和平的热情赞颂、对爱情和友情的热烈追求以及对祖国、故乡、大自然的讴歌。他是一个自然之子、天授的诗人，细读他的诗篇，我们由衷地感到他并不是一个没有自己诗歌观和文学主张的人，他是用诗本身这一特有的方式表达这些观点和主张的。请看《致拉布雷克书》（*Epistle To J.Lapraik*）中的诗句：

批评家们鼻子朝天，

指着我说："你怎么敢写诗篇？

散文同韵文的区别你都看不见，

还谈什么其他？"

可是，真对不住，我的博学的对头，

你们此话可说得太差！

……

我只求大自然给我一星火种，

我所求的学问便全在此中！

纵使我驾着大车和木犁，

浑身是汗水和泥土，

纵使我的诗神穿得朴素，

她可打进了心灵深处！

在这篇作品里，针对当时英国新古典主义诗歌重文雅、讲节制的风气，他提出了诗的灵感来自大自然，诗的价值在于用真挚的情感打动人心的观点。很明显这一创作理念与华兹华斯《〈抒情歌谣集〉序言》中的思想几乎完全一致，即追求自然朴实的语言风格、田间地头的诗歌素材、远离工业污染的自然生活是浪漫主义诗人。这一思想在彭斯的《致威廉·辛卜荪》中有更好的表达："没有诗客能寻到缪斯女神，/除非他学会独自一人，徘徊在潺潺的流水之滨，/但又不推敲太多；/甜蜜呵，漫步中凄然低吟/一支动心的山歌！"

彭斯热爱苏格兰山水、人民和习俗。他的最大功绩在于挖掘、整理了大量苏格兰民歌并汲取其中的精华，丰富了自己的诗歌创作。他的诗歌感情淳朴真挚，语言明快奔放、清丽脱俗，完全不同于当时一些诗人的矫揉、雕琢、典雅之作，也不同于一些感伤主义诗人的无病呻吟和崇尚藻饰的诗文。他写政治讽刺诗爱憎分明、锋利入髓，既辛辣地鞭挞了教会的残忍和虚伪，又体现了诗人对自由、平等、博爱与和平的追求；他写爱情情景交融、意境优美，在唤起人们对纯真、质朴、美好爱情无限向往的同时，又给予人们强烈的艺术美感和享受；他写自然情真意切、充满爱怜，既让人们感受自然之真实和美好，又教诲人们尊重每一个生命。所以，彭斯虽身处偏僻的苏格兰乡村，却是英国浪漫主义诗歌的真正先驱，彭斯诗歌中浓郁的乡土气息、深厚的古苏格兰民间文学底蕴和强烈的自然意识，使这浪漫主义诗歌在具有坚实性、强韧性的同时，又有一种朴素、生动与持久的美。

第二节　华兹华斯的浪漫主义自然观

华兹华斯作为 19 世纪浪漫主义文学的最初倡导者之一，终其一生都在为践行浪漫主义理论而创作。其《〈抒情歌谣集〉序言》作为浪漫主义的宣言书公开与新古典主义对立起来，华兹华斯把他的视角向普通大众与自然转移，尝试用简朴的语言来代替华丽的辞藻，用真诚的感情打破理性的捆缚，他执著于对想象和创造力的追求，使他的诗歌拥有了更丰富的内涵意义与诉求表达。正是这种面向自然、关注大众的题材观和朴素的语言观奠定了华兹华斯在浪漫主义文学史上的创始人地位，也改变了传统的诗歌创作倾向，开创了一代诗风。

威廉·华兹华斯作为浪漫主义文学的典型代表人物之一，其洋溢着浓厚的"自然风"的文学创作既具有 19 世纪浪漫主义文学的共同特征，又有其独到之处，对英国及其他国家后来的诗歌及诗学理论产生了深远的影响。华兹华斯的文学创作以诗歌为主，与同时期的浪漫主义诗人柯勒律治、骚塞并称为"湖畔派"三诗人。华兹华斯是一位多产的诗人，一生著作颇丰，而且每一首诗都堪称经典。从创作题材上来看，有从古典题材获取灵感的诗作，如《瑞典王》《雷奥德迈亚》《致都生》等；也有以个人生活经历为主题的哲理长诗，如《序曲，或一位诗人的心灵成长》；还有大量以自然风景为描写对象的浪漫主义抒情诗，如《致蝴蝶》《致云雀》《咏水仙》等；作为一名有强烈的社会责任感的诗人，华兹华斯还创作了大量表现普通民众生活疾苦的作品，如《艾丽丝·菲尔，或贫穷》《迈克尔》《康伯兰的老乞丐》等。对于华兹华斯的诗歌创作特点，"湖畔派"诗人之一的柯勒律治进行了提炼和总结，认为他的诗歌具有以下优点：最大限度的纯粹的语言；明智而强烈的思想感情；有独到之处又有力量的诗行、诗节；形象忠实于自然界；同情包含在沉思中，感伤性的深刻而精致的思想；丰富的想象力等。

虽然在华兹华斯之前曾经出现过许多奉行自然观的作家，成就高者如弥尔顿和卢梭，但华兹华斯与前两者相比有过之而无不及。华兹华斯甚至把自然与神相提并论，或者说，自然就是华兹华斯的神，是万物之本、生命之源，是人类发展和壮大的根基，人只有与自然和谐相处才能获得生命的活力。

华兹华斯对文学最突出的贡献就在于他深刻探索了自然与人的关系，并投入自己的全部身心去讴歌自然。有人说，华兹华斯是大自然痴狂的情人，他对自然的爱缘于他对自然的特殊感受，因此在华兹华斯的诗歌里找不到浪漫主义诗人刻意的夸张与奇思狂想，而更多的是视觉与听觉的真实，所以说华兹华斯的诗更倾向于自然主义，自然才是他生命的源泉，是他创作灵感的源泉。文学评论家马修·安诺德说，“似乎自然不仅提供给他写诗的素材，而且为他而写诗”。

在他的自然诗中，人、人与人心、人性作为他诗歌创作的主题，居于核心位置。基于此，华兹华斯才以高度的热情发出对自然的真诚赞美，同时对破坏自然和谐的现代工业文明表达了厌恶与不屑，对被欺凌和压榨的贫苦百姓给予了最大的同情。华兹华斯反对当时浪漫主义提倡的追求“新奇”和“刺激”的主张，反对夸张，主张从普通生活的事件与情节中取材，他的诗歌“通常都选择微贱的田园生活作题材”，从普通大众的生活中寻找灵感来进行创作，如《毁了的村庄》《最后一只羊》《露茜·格瑞》《孤独的收割者》《迈克尔》《水手的母亲》《堪布兰的老乞丐》等，都表现了穷苦人民的悲惨遭遇和不公正的命运：风烛残年却依然在风雨中看羊的老农；在狂风中消失的可爱的小姑娘；因为失去了当水手的唯一儿子而被迫以乞讨为生的妈妈……这些对普通民众的怜悯同情都是对被工业文明所败坏的社会的控诉与鞭挞，让人对自然更加充满向往，同时也是华兹华斯自然观在诗歌创作中的体现。

值得一提的是，华兹华斯所认为的“日常生活”并非都市生活，而是“微贱的田园生活”，因为城市生活是一种没有生机和活力、自由的生活，这会使得人们的心灵缺乏活力，变得迟钝、麻木起来。显而易见，他的这些论述和观点极具预见性：工业文明给人们带来的并不全是好的一方面，因为虽然人们的物质生活富裕了起来，但精神生活却日渐变得匮乏，作为人们精神活动的诗歌创作已经发生了全面的、整体的异化——大众传媒和大众文化损害了人们的认识和辨别能力，人们陷入了麻木的生活状态之中。而与此相对应的田园生活则能洗涤人们的心灵和灵魂，是拯救人们的良药，所以华兹华斯极其热爱大自然，认为这才是热爱人类自身，不仅是人们的生命源泉，而且还促使着人类更加发展和壮大。人与自然是相互适应、融为一体的，而人的心灵天生就是自然中最有趣、最美好的东西，所以他的绝大部分作品都推崇一种人与人、人与物、物与物之间的和谐之美，尤其是人与自然的和谐共存。

华兹华斯热爱自然，然而他所生活的 19 世纪初欧洲和英国却恰逢乱世。在法国革命以后，欧洲出现了各国封建贵族的神圣同盟，专门镇压人民的改革运动。在英国，18 世纪表面的稳定和繁荣让位于社会和政治的混乱。1798 年华兹华斯创作了一首题为《早春命笔》的短诗，诗人把大自然的慈爱和谐与人际的冷漠残酷作了对照，表现了诗人对大自然的亲近和对人世间的失望。诗中写道：

丛林中，我倚树而坐，/聆听千百种乐声交响；/心旷神怡中，我愉悦的思想，/带来了无尽的怅惘。

通过我，大自然把它的杰作，/和人类的灵魂连接，/痛心万分，我想到/人怎样对待着人。

绿荫里，长春花编织着小花环，/在樱草丛簇中穿行；/我深信朵朵花儿都喜欢/它所呼吸的空气。

鸟儿在欢跳，我不知/它们在想什么；/但它们每个细微的动作/仿佛都激荡着欢乐。

树枝伸展如扇子，去捕捉/那阵阵微风/我反复思量，始终确信/其中自有乐趣融融。

倘若这信念来自上天，/倘若这本是大自然的旨意，/我岂不更有理由悲叹/人啊，在怎样对待着人！

诚然，描绘自然景物和抒发人生感触相结合的诗歌并非华兹华斯独创，汤姆逊、哥尔德斯密斯、柯柏、格雷等 18 世纪的诗人都写过。然而，没有哪一位诗人能像华兹华斯那样把两者如此紧密地联系起来。华兹华斯的感触不是停留在个人的伤春悲秋，也不是满足于排遣一己忧伤和郁闷，而是用质朴无华、清晰明朗、毫无雕琢的语言提出了一个沉重而深刻的时代的重大问题：人怎样对待着人？这首诗创作于 1798 年，当时离攻占巴士底监狱不过十年，而革命队伍里已经出现了分裂，诗人的这个问题既对法国革命倡导的博爱思想给予了肯定，又对革命所体现的理性主义提出了根本的怀疑。一首小诗竟包含着这样一种对意识形态的反思，没有对大自然的深切感悟，没有对现实社会的深刻洞察力，是断然写不出这样的诗句的。

随着工业革命的进一步深入，商业意识的滋长驱使人们绞尽脑汁攫取财富，一时间英国社会世风日下。人们看不到自然的美景，领会不到大自然的情韵，精神生活贫乏，这令华兹华斯感到痛心，于是他写下了一首带有社会批判性质的十四行诗：

这尘世拖累我们太多；/耗尽毕生精力，只为得亏盈失；/对我们拥有的自然知之甚少；/我们出卖心灵，只为卑污的利禄!/这大海，正向明月敞开心扉；/这劲风，只愿昼夜呼号不息，/此刻却如熟睡的花儿静寂安详；/对此景对万物，我们格格不入，/这一切竟没有让我们感动。——上帝啊！我宁愿/作个异教徒，被古老信条滋养；/这样，我就可以立足于这片怡人的草地，/瞥见异样的景致，宽慰我凄苦的内心；/望见老普罗透斯现行于海面，/听见特里同吹响悠悠号角。

在诗的前八行中，人们龌龊的金钱交易与自然界月光海水交相辉映、风云变幻的图景形成鲜明的对照。从第九行中间开始，诗人表达了宁愿做个异教徒被古老信条滋养，以求与大自然为伴的想法，因为在古代泛神论的信仰中仍然蕴含着大自然的神秘魅力。在诗的结尾，大海引起的联想涤荡了前面几行使人郁闷的气氛，把人带入美妙的神话般的世界，普罗透斯（Ptoteus）是希腊神话中能变换形体的海神，特里同（Triton）是希腊神话中人形鱼尾的海神，以大海螺作号角。诗人借用这两个典故是因为古希腊人把自然界的一切加以神化，从而使万物充满生机，以至人类能在自然中找到伴侣而不觉孤独。显然，这首诗表达了诗人渴望逃离樊笼、回归自然的愿望。

第三节　劳伦斯·布伊尔环境的想象

布伊尔生态批评的思想基础是生态中心主义。生态中心主义思想既是对人类中必主义思想的反拨和批判，又是在生物中心主义思想的基础上发展而来。生态批评研究者认为，生态环境危机的根源是人类中心主义思想。人类中心主义认为，只有人是地球上唯一有理性、有内在价值的存在物，因而有资格得到伦理道德的关怀；而其他动物或者生物都不具备理性和内在价值，只是满足人类利益需要的对象或工具，因此没有资格得到伦理道德的关怀。所谓内在价值，我国生态哲学家余谋昌这样解释："所谓自然界的内在价值，是它自身的生存和发展。这是由自然事物的性质决定的。"布伊尔在《环境批评的未来》一书中，将生物中心主义的观点概括为"包括人类在内的一切有机体属于一个更大的生物网络或网状系统或共同体，其利益必须限制、引导或掌控人类利益。"这句话主要包含了两层意思：一是人和其他有机体都属于自然系统的一部分；二是自然系统的利益高于人的利益。布伊尔的观点显然比泰勒的观点更加进步。泰勒虽然强调了生命有机体自身的利益，也看到有机体之间的关系，但并没有强调自然系统的整体利益。而布伊尔对生物中心主义的理解超越了泰勒，强调自然系统的整体性并认为自然系统的利益高于人的利益。布伊尔指出生物中心主义是生态中心主义的"半同义词"，而生态中心主义思想就是在生物中心主义思想的基础上发展而来的。

一、"地方""地方感"和"空间"

（一）地方

"空间"和"地方"是当代西方学术界使用频率极高的两个词汇。"地方"在英语中是"place"。在当代英语中，这个词一般有地方、位置、名次等几种含义。它源于希腊语"plateia"，意思是开放的广场或者庭院，被私人房屋围绕的公共场地。地理学家所说的地方，最基本的含义是由人或物占据的部分地理空间。具体来说，一是指人栖居的外部空间——房屋、村庄或者城市；二是指这些空间的内部结构——大厅、台阶、房间等。约翰·阿格纽曾经区分了地方的三个要素：（1）“地方”，即社会关系构成的环境，可以是非正式的抑或组织化的。（2）区位，包含社会相互作用环境的地理区域，这种相互作用由更大尺度下运行的社会和经济进程确定。（3）地方感，即地方的‘感觉结构’”。阿格纽和约翰斯顿认为地方是政治地理学的基石之一。

（二）地方感

与地方密切相关的另一个概念是“地方感”（sense of place）。地方感指地方自身所固有的特征，也指人们对一个地方的依附感。这是相互区别又相互关联的两个方面。在第一个意义层面上，一些场所由于其自身固有的特征，被人认为是独特、有纪念性的，其特征可以是一种独特的自然特征，也可以是人的想象力赋予的主观特征，或者通过将它们与重要真实事件或神话传说建立联系而使其具有的特征。它们具有一种对很多人来说独一无二的重要意义，即使他们对这个地点没有直接的体验。因此，我们可以说，耶路撒冷、大峡谷，甚至切尔诺贝利具有很强的地方感。

在第二个意义层面上，日常生活中，个人和团体会因为体验、记忆和意愿等对地方产生很强的依附感。最明显的例子就是对家的依附感，在其中人们最重要的感觉是“适得其所”。一般人们会用实体形态（建造标志性建筑物教堂、纪念碑等）来表现他们对地方共同的依附感，这为地方增加了更多的整体特征。

在以上两种情况下，一个地方的客观属性都和我们对此地方的体验（主观属性）直接或间接地交织在一起，恩特里金（Entrikin）认为，这就是人特有的一种“地方中心性”。

人们是通过对一个特定地区的体验和相关知识来了解地方、增强地方感的。它来自对一个地区的历史的、地理学的和地质学等方面的知识。地方感的形成可以帮助人们对某个地域产生认同感，加强人与地方、人与人之间的情感联系。因为很多东西会随着时光流逝而消失，但对一个地方共有的经验和故事（历史），会加强地方与人们之间的联系，也有助于把对地方的感情代代传承下去，帮助人们塑造一种可以表达他们的“地方认同”的“地方文化”。

然后，在现代世界中，人与地方的联系好像在逐渐地减弱。斯普瑞特奈克（Charlene Spretnak）指出，在现代世界观中，地方不是一个重要的观念。地方作为差异性和多样性的代表总是与社区纽带、大家庭、传统以及局部的自然需求等限制连在一起。这些都与现代社会讲求标准化、集中，讲求效率相悖。更为根本的是，以工业主义途径体现出来的经济人假设决定了现代人对自然总是持一种对立的态度，现代文化是在克服和征服自然的过程中发展起来的。于是，现代性兴起和盛行所呈现出来的一条轨迹便是“逃离地方”。现代文学中的主人公们通常勇敢地逃离生他养他的地方，去投奔一片新的热望之土——城市。现代人逃离地方的过程就是逃离自然所嵌入的自然和文化背景的过程，人在运用自身的力量战胜自然的同时，也使自己处在了一种极端不真实之中。具有生态和文化意义的复杂的地方感在现代世界观中是没有其地位的。

（三）空间

有关“空间”的理论最有影响的著作是法国新马克思主义哲学家亨利·列斐伏尔的《空间的生产》。列斐伏尔强调空间问题是当代人文社会科学必须认真对待的重大问题，空间性与社会性、历史性的思考应该同时成为人文社会科学的内在理论视角。列斐伏尔认为，我们关注的空间有物质、精神、社会三种，我们在思考空间的每一种方式时，无论是物质的、精神的，还是社会的，都应同时被看作是既是真实的又是想象的，既是具体的又是抽象的，既是实在的又是隐喻的。

列斐伏尔认为，空间既具有物理属性，又具有精神属性。空间不仅仅是物质的存在，或社会关系演变的静止的“容器”或“平台”，当代的众多社会空间往往矛盾性地互相重叠，彼此渗透。“我们所面对的并不是一个，而是许多社会空间。确实，我们所面对的是一种无限的多样性或不可胜数的社会空间……在生成和发展的过程中，没有任何空间消失”。空间具有它的物理属性，但是它决不是与人类、人类实践和社会关系毫不相干的物质存在。反之，正因为人涉足其间，空间对我们才显现出意义。同时，空间也有它的精神属性，就如我们所熟悉的社会空间、城市空间、经济空间、政治空间等概念。列斐伏尔指出，“社会空间并非众多事物中的一种，亦非众多产品中的一种……它是连续的和一系列操作的结果，因而不能降格成为某种简单的物体……它本身是过去行为的结果，社会空间允许某些行为发生，暗示另一些行为，但同时禁止其他一些行为。”

空间和地方的概念与现代性问题也有着紧密的联系。无论是鲍曼的“重现代性”“轻现代性”和“流动的现代性”理论，还是大卫·哈维的“时空压缩”理论、安东尼·吉登斯关于“结构化理论”都认为，空间、时间与现代性都是围绕现代及其变化的关键词，现代性正是时间与空间的演变。吉登斯认为，如今发生在遥远地区的种种事件，比过去任何时候更直接、更为迅速地对我们发生着影响。反过来，我们作为个人的种种决定，其后果又往往是全球性的。由于互联网等科技和社会组织方式的推动，人类日常生活方式发生了巨大变化，在场的东西的直接作用越来越被在时间—空间意义上缺席的东西取代。于是社会关系被从相互作用的地域性的关联中“提取出来”，在对时间和空间的无限跨越的过程中被重建。总之，现代性改变了空间与时间的表现形式，并进而改变了我们经历与理解空间、场所和时间的方式。这里值得一提是，近年来在西方学界中，还涌现出很多跨学科的地方研究理论，这些理论将地理学、文化学与文学研究融合在一起。其中最具代表性的人物是当代华裔地理学家段义孚，他的人本主义地理学思想在西方地理学界产生了重大影响，被不同学科西方学者广泛借鉴，也是许多生态批评家重要的理论依据。

段义孚所致力的“人本主义地理学”主张从人的感觉、心理、社会文化、伦理和道德的角度来认识人与地理环境的关系，就人的种种主观情性与客观地理环境的丰富关系进行阐发。“人本主义地理学”的主要论题之一，就是从“纯空间”向“人文地方”的转换。

“地方的感知性质”“奴役的心理学”和“想象力中产生的文化”是段义孚研究的三大核心主题。段义孚认为，地方和人的等级划分、移民，作为后现代疏离的典型表现，加剧了社会道德沦丧。要改变这种疏离，应该代之以“恋地情结”，因为对地方的感情保留了地方的审美价值。根据段义孚的看法，文学可以对人本主义地理学者提供三种形式的帮助：文学是揭示人类经验方式的一种思想试验，文学是阐明对某一环境的文化感知的一种人工产物，文学也是地理学综合和写作的一种模式”。

二、空间、地方，从地方到全球的想象

（一）生态批评的“地方”和“地方感”

对地方的研究早在生态批评初期就已经引人注意。格罗特费尔蒂在《生态批评读本》中谈到生态批评的研究视角时就有这样的思考：“除了种族、阶级、性别，地方是否可以成为一个新的批评范畴？”英国生态批评的代表人物乔纳森·贝特在《浪漫主义生态学》中涉及了地方的概念，第四章《地方的命名》中专门研究华兹华斯诗歌中如何为特定的地方命名。贝特认为，这些命名体现了作者对湖畔地区有着自觉的环境意识。

布伊尔是迄今为止对地方最为关注的生态批评家。布伊尔在生态批评的“三部曲”中，通过独特的解读策略和作品细读的方式对文学作品中的“地方”和“地方感”进行了专门的研究。地方成为布伊尔贯穿各种作品分析的一条理论隐线。当然，地方和地方感作为批评范畴在很多生态批评家的研究成果中都可以窥见，批评家对这两个概念的理解和解读应用，也有不少差别，但是地方和地方感已经成为生态批评实践中最基本的范畴。

布伊尔经常采用的“地方”的概念，除了具有哲学层面上的含义之外，还有作为文化地理学术语的地方含义，在他的生态批评实践中，列斐伏尔、索亚、阿格纽、雷尔夫、段义孚等有关空间和地方的理论都是他的理论依据。

布伊尔认为，生态批评不仅出现在人类改变地球空间的历史中，还出现在

人类反对地球空间被改变的历史中。环境的意义是通过自我意识来确定的。这种自我意识表现为某种不确定且变动的存在与物理环境的关系。地方是一个很难界定的概念，是一个富有价值含义的词语，“它同时具有三重含义：环境的物质性，社会观念或建构，个体的影响或依附”。每一个地方与具体的区域是不能分开的，所以我们通常说“地方依附”，而不是“空间依附”。我们梦见的是“地方”而不是“空间”，尽管我们渴望有“空间”，如私人空间或独立空间。我居住在“地方”而非“空间”。地方是“附着意义的空间”，价值的中心，联想意义多，空间联想意义则少。在某种程度上，“世界的历史就是从空间变成地方的历史”。显然，布伊尔对地方的理解主要受到段义孚的启发。

段义孚在《空间与地方》一书中曾区分过空间与地方这两个概念。段义孚认为，人是通过经验去透视空间、地方与时间的，在经验中，空间的意义常被并入地方的概念中，因为空间是比地方更为抽象的概念。因此，我们必须注意空间与地方的差异和价值的不同何在。段义孚特别指出，时间与空间是地理学中世界概念的两条轴线，二者的交会为地方，对时间的历史感也是地理感的一部分。在讨论经验或知识的范围时，他认为，对地方的经验可以是直接体会的感觉，也可能是间接或概念性的。例如我们可以体会“家”，但对“国家”的概念则较为模糊。

布伊尔认为，生态批评不仅要研究人的自我放弃、自然主体性的生成机制、季节、气候等，还应该研究场所和地方。“从古代和现代的作家的大量作品中，我们可以发现，地方似乎对于任何有关人对环境的想象的理论来说都是非常重要的。”“放弃的美学”、赋予“自然的人格”要得到具体的落实，季节要得到正确的认识，这些事件一定发生在某个具体的地方。

布伊尔对地方的理解也得益于地理学家爱德华·雷尔夫的观点。雷尔夫认为，“地方的意义可植根于物质环境、客体和活动中，但是，这些不是地方的财产，而是人的目的或经验的财产。”从这一观点出发，布伊尔指出如果我们将地方感理想化，认为它是医治现代人无家可归的灵丹妙药，我们就犯了像文化的自恋主义这样的错误。但是，“地方感可以将人与具体的环境联系起来，以至使他丧失对地方的批评能力，好像得了健忘症一样，忘却我们的疏离感和世界的冷漠”。

布伊尔指出，我们不需要贬低地方感，也不需要赞美地方感，而需要解释说明形成地方感的具体条件，这样我们才能够真一地发展雷尔夫对环境谦卑的思想。布伊尔认为，这是一种“被唤醒的地方感”“这种意识使我们能够对地方的局限性有所察觉，同时意识到地方塑造着我们，我们也改变着地方。”我们从中也可以看出，在吸收人类地理学的研究成果的同时，布伊尔从生态批评的立场尝试发展这些理论。

在《环境批评的未来》中，布伊尔进一步思考地方，深化和发展了生态批评有关地方的理论。布伊尔认为，生态批评就是一种从顺从自然环境，到了解地方，并将地方的建构看成文化的改变的一个演进过程。在这个过程中，自然和文化应该被看成一种相互的关系，而不是独立的领域。“地方”这个词的内涵呈现出不同的形态，地方可以小到是你家厨房的一个角落，大到是整个地球、宇宙。但生态批评倾向于的文学文本中的地方，主要还是在某个具体的地方或区域的层面上的。布伊尔认为，这是可以理解的，因为有关一个地方的叙述是丰富的，也很容易辨认。像拉夫运河事件就发生在一个局部的地方，是需要曝光的。地球的健康依靠我们对每一个地方的关心，而不仅仅是对公园或“生态园”的关心。“如果我们都像关心自然保护区那样关心地球上每一个地方，地球和人的健康就有保障了。”

生态批评也必须面对“无地方感”（non-places）这样的问题。人类学家马克·奥热（Marc Auge）认为，“无地方感”是我们时代的特征。在一个“超现代”的世界，我们享有特权的西方人居住在地球上，在医院出生和死亡，大多数时间穿梭于办公室、商场、俱乐部和交通工具之间，这些都是良好的、便捷的、可以交换的空间。那些穿梭于国际的商人认为，他们的舒适和健康取决于机场的效率，飞机的“无地方感”。其实，在现代社会中，我们每个人也是如此，在蔑视“无地方感”的同时，依赖和享受着“无地方感”。

布伊尔认为，奥热提出的“无地方感”的概念充分体现出那些自恋主义者对环境的漠不关心。他们每天局限在办公室狭小的空间里，在没有四季变化的时间中度过每一天。他们对季节漠不关心，只有在短暂的休假期间，才从一种温馨而美丽的角度重新发现这个世界，但并不知道世界上还有污染存在。

布伊尔指出，“无地方感”是因为空间、时间的条件限制而产生的，同时“无地方感”也内在于人类自身。就像尼尔·埃弗顿所说的一样，人类和其他物种的区别在于，我们是“自然的外来人，没有固定的居所，可以在任何地方定居”。奥热的理论也可以用来验证人类不断寻求地方的渴望，尽管表面上呈现出相反的一面。在某种程度上，“无地方感”的吸引力一方面验证了地方被剥夺时人们所感到的问题，另一方面也说明“无地方感”尽管不是人们的第一先决条件，却是一种转而依靠的东西。

（二）《记忆中的地方》——“地方依附”的五个纬度

布伊尔在《为濒危的世界写作》中对于人与地方的关联性的五个纬度进行了非常详细的阐述，在《环境批评的未来》中，布伊尔重新谈论了人与地方的关联性即“地方依附”的五个纬度，认为了解这五个纬度对于生态批评来说仍然具有很大意义。布伊尔认为，从空间和时间上的纬度来审视人与地方的环境依附和关联能够使我们从主观的视野对地方做出评判，这对于体验和艺术表现来说是非常重要的。当然没有完全自由的客体存在，因此地方也必须被看作社会的产物。布伊尔以美国作家芭芭拉·金索尔文的散文《记忆中的地方》为例对“地方依附”的五个纬度做了进一步的阐释。

《记忆中的地方》讲述了作者与小女儿在阿巴拉契亚山脉的一个小镇度过的一天。这个小镇离作者的出生地不远。文中有这样一段描述：当他们来到这个小镇时，女儿非常兴奋地说道，“这使我想起了我经常想到的一个地方”。作者听到女儿的话感到非常高兴，随即回答“我也是”。由此，作者展开了对自己童年的美好回忆。作者童年时就在这样的丛林山谷间游荡、玩耍。作者觉得这里的一切“小而使人感到亲切”，最适合“小孩的冒险”，并将此地与西部大峡谷做了对比："我所了解的西部是风沙弥漫的砂岩"。当作者同女儿在当地的小镇周围为马觅食时，发现有一条名叫"马饮溪"的小河沟从小镇穿过，作者对当地产生了一种非常亲切的感觉，但又对"马饮溪"的那些濒危物种感到忧虑，如淡水贻贝尽管受到了某种程度的保护，但仍然可能因采矿或路边的交通工具而受到破坏。在散文的结尾，作者用了一个设问句："谁会爱不完美的土地，后院被遗弃的瓦砾，流淌在农田里的小溪？"同时作者还表示自己决定"一直为女儿记忆中的地方守夜，不眠地看护"。

布伊尔认为，人与地方关联的五个纬度在这篇散文中得到了很好的展现。肯德基小镇——原来的家乡，是"同心圆"纬度第一个纬度，唤起了一个呈群岛式分散的画面。她现在的家——亚利桑那州南部的沙漠边界地段是第二个纬度。作者对肯德基小镇的感觉和各种地方体验堆积为第三个纬度。一个世纪以来当地发生的变化为第四个纬度。从这个意义上说，"地方就像是动词，而不是名词"。人与虚拟地方的联系即第五个纬度在女儿身上表现了出来。也许母亲以前讲给女儿的故事预设了女儿对于虚拟地方的想象，同样作者也期望读者能够与自己记忆中的地方联系起来。由此，布伊尔指出，"记忆中的地方"不只是依赖于"地方依附"的一个独特的表演，而是依赖于诸多的体验，如童年对特殊的地方的依附，我们每一代人与自然环境的亲密关系，等等。从这一点来看，"记忆中的地方"的"地方依附"就不是个体的，而是打上了社会的烙印。

作者在肯德基乡间度过的童年是非常珍贵的记忆，这一记忆被传给了她的女儿。"马饮溪"并不是作者实际在那里长大的小溪，女儿的记忆和作者的童年环境也没有直接的关系，这些并不重要。重要的是，"作者要向读者展示东部肯德基的那些小镇和溪谷都是同样的生态文化的符号"。它们不仅仅是"我的"记忆，而是"我们"共同的记忆，是我们共同拥有的，有着鲜活的经历的地方。

三、文学作品中的"地方感"解读

增强地方感有助于人们保持对环境的激情和责任感。在文学作品中，我们可以通过考察作家如何传达对某个特定地方的自觉意识，作品中如何再现人与地方、整体自然环境或者环境中的单个事物之间的相互关系来探讨作者是否具有自觉的地方感。布伊尔认为，对文学作品中作家的地方感进行解读，目的是加强读者的地方感，使他们认识地方和他们周围的环境。布伊尔赞同贝里的观点，“如果没有对自己所处地方的全面了解，没有对它的忠诚、谦卑，那么人肯定会肆无忌惮地滥用这个地方的资源，直至其最终毁灭。”

布伊尔发现，在许多文学作品中，作家常常缺乏地方感。作品中描写的地方，是为刻画人物形象服务的。作家关注的是地方中的人，而不是这个地方本身。即使在现实主义作品中，作家对地方的关注也是少之又少。在威廉·豪威尔斯的现实主义小说《现代婚姻》中，豪威尔斯首先用了大段文字介绍新英格兰的一个村庄——山、田野、榆树、建筑和街道，看起来对环境予以了足够的重视，但是作品随后就转到了人物，而不再理会乡村的风景，只是将它作为地方构成的必要因素，暗示环境对人物行为的影响，环境仅仅作为背景而存在。小说常常是按以下原则来设置场景的。对每一个新的地点做简要介绍；戏剧性地强化“原始而荒凉”；象征性地加倍使用“房子被寂静包围着”，增加了人物的另一层神秘感。通过这个公式我们可以解释环境只充当背景。

布伊尔认为，相比之下，哈代在现实主义小说《还乡》中，似乎更加重视环境背景。比如，他对爱敦荒原朗栩栩如生的描绘，赋予当地的人格特征，不时地作为小说中的主旋律出现，并影响与之有关联的人以及他们的行为。但是，哈代的爱敦荒原的故事终究是从属于男主人公的。尽管哈代富有地域特色的小说也强调某些地方的重要性，甚至把人看作地方的产物，但是“作品中的地方，还是一个被人建构，从属于人，服务于人之所，地方内在的、独立的价值并未得到认可”。由此可见，作家要“真正公正地对待地方”绝非易事，即使他们对某地怀有敬意。

梭罗对自然环境及其与人的相对关系有着强烈的自觉意识，在他的作品中就表现出对地方的重视。布伊尔指出，《瓦尔登湖》中的地方不是一种纯粹精神性的建构，也没有被表面化成可进行客观测量的地形地貌。梭罗的风景没有被还原成象征，也没有抹去其中人的兴趣和存在的痕迹，变成呆滞的纪录片。“梭罗的地方，不是为人服务的，而是保持了其自身的身份。”也正因为如此，我们在《瓦尔登湖》里看见的地方是不完整的。如果我们想知道康科德是一个什么样的地方，什么样的人居住在那里，有些什么植物，他们的历史，等等，我们会发现《瓦尔登湖》中的描述是非常不全面的，不但具有选择性，而且还是不连贯的。因此，“梭罗对地方的感知是复杂的，但却有着非凡的感受力”。

但是，梭罗对熟悉的风景有着异于他人的感知，并运用“陌生化”的手法将其表现出来。布伊尔认为这种特别的感知非常重要，因为“我们通常会将抽象的空间转化为我们所熟悉的地方，然后就安心地生活在这种熟悉的环境中而丧失对它的感觉”。最优秀的环境作家总是会重新设定熟悉的风景，从而使人们对熟悉的地方保持新鲜感。

布伊尔认为，梭罗在《瓦尔登湖》中就体现出对地方的特别感知，并运用“陌生化”的手法重构这些地方。梭罗用科学记录的方法对鼹鼠的巢穴予以客观的描绘，同时运用文学的手法生动地表现出来。他一方面对鼹鼠筑穴的建筑细节表现出工程师一样的兴趣，又把鼹鼠看成“居民”“四条腿的人”，把鼹鼠的巢穴看成“住所”。这实际上是在弱化人与动物之间的区别，认为他们同为土地上的栖居者。梭罗通过这样的方式使环境变得易于被人理解。布伊尔指出，用新的眼光重新观察熟悉的事物，观察新的事物，环境文学用这种特别的方式感知风景和地方，其目的是让读者加深对环境的感知，使其更紧密地接触大地。“鼹鼠与吉卜赛人类比，蝗虫变成了珍珠，不但不会将读者与自然环境分离开来，反而让他们带着新的理解、新的热情回到自然。”

四、边界和范围从地方文化到全球的想象

对于地方以及地方感的探讨使布伊尔进一步思考生态批评的边界和范围。布伊尔认为，环境文学和生态批评对边界和范围的假设提出了挑战，他们在这

三个方面的研究意义非常重大。一是对地方进行重新思考；二是在对区域和国家的边界进行的评论中，重新定义在“生物区域”层面的地方；三是重新思考地球的属性。布伊尔指出，传统的关于地方的文学作品对小范围、封闭的地区感兴趣。当代生态地方主义更倾向于从外部关注某个封闭社区遭受的威胁。

目前的生态批评对区域范围的分类学最突出的贡献也许是生物区域的概念。“生物区域”既指地理学上的地形，又指意识层面的地形。“它既不是一种环境决定论，也不是文化建构主义，而是在以地方为基础的敏感性框架内将生态学和文化的联想整合起来。”它的目的是避免顽固而极端的地方主义，以及感伤主义对“自然”的自由想象。“生物区域”不仅关心乡村，还关心都市，它是一个在种族上、经济上不同观点持有者的集合。

要界定一个生物区域并不是一件容易的事。斯奈德认为，从生物区域的角度去思考问题并不是要我们重新划出地方或国家的边界，而是要我们注意“被称作加利福尼亚的社会建构”的巧妙之处。它让我们注意到，人类与地形、气候、非人类的生活的相互作用如何引导我们该怎样生活，而且也决定人类在没有意识到的情况下的生活方式。

布伊尔指出，生物地方主义者不仅赞成环境文学的伦理，还赞成“可持续性”的伦理，但从伦理角度来说，“可持续性”是不易界定的。此外，可称为有关城市生物区域的文学作品，相对而言还是不多。但具有重要意义的是，那些试图发现城市中意想不到的自然特征的叙事体、散文或诗歌等已成为生态批评家经常关注的文体，他们关注荒芜的空地、在城市公寓的一个裂缝里筑巢的鹰、沿城市小溪修建的林荫道、花园等。作为环境的城市，既是人工的又是“自然”的空间，通常以各种片断呈现出来。生态批评在有关地方和“地方依附”的叙述中，既有“棕色的景观”，又有“绿色的景观”。对于生态批评来说，认识到“城市”的存在，本身就是一个伟大而必需的进步。

布伊尔认为，目前的环境写作和批评重新在区域、国家与国家之间关注地方。当然以一个地方如国家为范围的生态批评仍然是有意义的，只要国家的政体依然改变民族风景的形状。布伊尔指出，在全球层面上进行的生态批评会出现富有争议的多种声音。英国科学家詹姆斯·洛夫洛克的“盖亚”假说与社会学家贝克的技术决定论的整体模式就是对立的两种观点。洛夫洛克认为，地球生命是一个整体模式，一个高度的自我维持的系统，尽管不可能对人类的干扰保持持续地调节。贝克的技术决定论的整体模式认为，现代化已经永久地扰乱了整个地球的生命，因此技术不能够控制自己无意中产生的结果带来的危害。现代化的文化已经进入了第二“反思”的阶段，贝克称之为“风险社会”，其具有“极度的不确定性”，“系统的崩溃现在是我们可预测的未来的一部分”。尽管在传统的意义上自然已经消失了，但“风险社会”却迫使人们去重新发现作为自然实体的人类，因为人与动植物一样，都需要呼吸、吃、喝等。那么环境写作和生态批评如何在全球范围内反映、聚焦、或重新定位这些多元的生态话语呢？布伊尔认为，有两个观点也许能给我们启发。第一，在文学中构筑世界比现代的生态分析有着更为悠久的历史。在西方的古典著作中，希罗多德的《历史》比现代的科学和政治经济著作早大约一千年。从莫尔的《乌托邦》到当代的科幻作品，其活力和多样性在任何领域都可以和全球的生态话语匹敌。但是，在走向全球的叙述中，文学研究中的生态批评到目前为止，还没有其他领域如环境伦理学、生态神学、人文地理学等领域那么具有前瞻性。

此外，全球视野的生态文学以地方为反映对象是不可能的吗？也许，全球主义导致“无地方感“，这是不可避免的。虽然全球主义会压制地方，甚至消灭一些特定的地方，但是就如生态女性主义地理学家多琳·马西所说的那样，全球主义也可以通过与其他地方的互动而非对抗，建构新的地域“身份”，这样的身份更像“多声的”和“多地点的”。因此，“在全球范围内的对地方想象的重构并不是一个虚拟的可能性，而是正在发生的事。”

从“放弃的美学”“自然的人格”“季节”“环境启示录”等生态中心主义文学的各种表现形式的解读，到对“地方”以及“地方感”的阐释，布伊尔在对文本语境的设置、文本内涵的发掘、具体作品的解读中，无不传递着文学研究之外的强烈主旨——对读者进行环境意识的启示。而对我们同样具有启发的是，这种主旨是通过布伊尔独特的解读策略和作品细读方式来体现的。布伊尔生态批评的独特视角和方法，为文学批评园地增添了新的色彩，拓宽了文学批评的思路。

第四章　美国经典生态文学研究

第一节　罗尔斯顿的自然价值论

一、罗尔斯顿自然价值观的主要内容

罗尔斯顿的自然价值观理论是生态中心论中的一个具有代表性的重要学说，他尝试整合自然价值与人类道德，从而构建出一种自然与人文辩证共存的环境伦理学。所以，想要了解罗尔斯顿的环境哲学内涵，探讨他的思想对当代生态问题的帮助，对其自然价值理论进行透彻的分析是很有必要的。

（一）自然价值的内涵与意义

在关于价值论的问题上，事实与价值的关系问题一直是一个研究的重点。在传统的价值理论里，哲学家们一直强调的是事实与价值的二分，如果事实和价值等同起来，即把“是”和“应当”画上等号，这样会造成价值理论的混乱。这种二分理论用在环境哲学里，则推导出客观的自然和自然事物本身是无价值可言的，只有当人类把自己的偏好附加其上之时，自然变得有了价值，这也是一种主观的主义价值论。但罗尔斯顿对这个事实与价值截然二分的模式提出了挑战，他说道“这个世界的实然之道蕴含着它的应然道。”即事实之中蕴含着价值，因此在罗尔斯顿的理论中他反对将事实与价值割裂开来，取而代之的是价值能从事实中推导出来，而不依赖于人的判断作为中介。

那么价值究竟是什么？在罗尔斯顿看来，价值便是“能够创造出有利于有机体的差异，使生态系统丰富起来，变得更加美丽、多样化：和谐、复杂”。他特别强调了价值具有创造性，并且从结果，即从一个实际作用的角度来看待价值，这点是与主观主义价值论的根本区别，可见罗尔斯顿从一个客观的角度，对于自然界和自然物本身的属性进行肯定，认为它们自身具备价值。罗尔斯顿的自然价值理论，从根本上说其核心的概念便是认为自然具有内在价值。这种内在价值是与工具价值相对的，也就是上文提到的自然本身具有的价值，而不仅仅是人赋予自然的价值即工具价值。除了工具价值和内在价值之外，罗尔斯顿还提出了自然的第三种价值——系统价值。下面笔者将对罗尔斯顿的这三种价值进行论述，以便更详尽地分析罗尔斯顿自然价值理论的具体内容。

（二）自然价值的内容

1. 自然的工具价值

自然的工具价值具体表现为有机体之间以及有机体和无机体的相互联系，即“某些被用来当作实现某一目的的手段的事物”。在罗尔斯顿看来，有机体在维持自身生命和实现其内在价值时，就会以其他的有机体和无机体为达到目的的工具，这时这些被使用的有机体和无机体就体现了它们的工具价值。所以，无机体只具备工具价值，而有机体在拥有其内在价值的同时可能对其他有机体具有工具价值，这种多个有机体间的内在价值可以相互补充从而对对方产生工具价值的转化形式被罗尔斯顿看作有机体的工具价值的本质。由此罗尔斯顿推论人类中心主义价值观认为人只有内在价值而没有工具价值的观点是错误的，而同样认为自然界只有工具价值而没有内在价值的观点也是错误的。罗尔斯顿的结论是，在自然界内的所有有机体是同时拥有工具价值和内在价值的，且因为判断主体的不同，两种价值能够相互转换，并在转换中产生创造性。

2. 自然的内在价值

自然具有工具价值，无论对于人类中心主义还是非人类中心主义来说都没有任何争议，争议的焦点还是在于自然是否具备内在价值。非人类中心主义认为应该将自然界的其他生物都纳入道德关怀的领域中来，其哲学基础便在于坚持自然物是具有内在价值的。例如，动物解放论里提出的“天赋价值”和生物中心主义认为的生物具有维持自身的“目的性”，最终都指向自然物的内在价值。对于罗尔斯顿来说，论证自然的内在价值也必然是他的自然价值理论的一个核心问题。

罗尔斯顿在他的《环境伦理学》中指出：“内在价值是指那些能在自身中发现价值而无须借助其他参照物的事物。”同其他非人类中心主义价值观的理论一样，都立足于动物有着其自身感受苦乐的能力，并且都有着维护其生命延续的独立性，都是自身的价值中心，这些都是无须借助其他参照物便客观存在的事实。在这里，罗尔斯顿把“价值”与“事物”等同以证明自然的内在价值的存在，并向传统的价值是事实两分的理论提出挑战，他说：“与其说应然是从实然中推导出来的，还不如说是与实然同时出现的。”“在某些人看来，实然与应然之间的鸿沟至少是消失了，在事实被完全揭示出来的地方，价值似乎也出现了；它们二者似乎都是生态系统的属性。”同之前动物解放论和生物中心论一样，罗尔斯顿这种将价值完全独立于一个评价主体而存在且和客观事实划上等号的理论也引来了不少批评，其主要集中在“价值”能否脱离判断主体而存在，内在价值到底是事实还是价值，事实是否是价值，这都涉及了价值论的一些基本问题的争论。

3. 自然的系统价值

生态中心论与其他两种非人类中心主义价值论不同的地方在于，生态中心论认为仅仅将生物个体作为道德顾客的理论还是不够全面和长远的，结合现实情况，要想达到解决生态危机、自然界能够和谐发展的目的，就必须从整体的角度来考虑问题。因此，我们说比起生物中心论，生态中心论主要是倡导了一种整体主义的观点。而罗尔斯顿的自然价值论作为生态中心论中重要的代表理论，在论述自然的价值时，除了工具价值与内在价值，他还指出了自然的第三种价值——系统价值。

对于系统价值的解释，罗尔斯顿认为是“某种充满创造性的过程”，“自然一词的最初含义是生命母体，它来源于拉丁文‘natans’，其意为分娩、母亲地球”。大自然创造了世间万物，包括人类，因而具有价值。生态系统是一个网状系统，工具价值和内在价值在其中相互交织转换，而“我们心中的价值，是存在于自然中的那些价值的反映”。所以可以说，在罗尔斯顿看来，工具价值和内在价值都是包含在系统价值之内的，即生态系统可以创造生成价值。需要说明的是，系统价值并不是生态系统内全部价值的总和，而是指系统的价值创造的过程和趋势，即生态系统自身所具备的可以一直不断地创造自然价值的性质。用罗尔斯顿的话来说，“在生态系统层面，我们面对的不再是工具价值，尽管作为生命之源，生态系统具有工具价值的属性；我们面临的也不再是内在价值，尽管生态系统为了它自身的缘故而护卫某些完整的生命形式。我们已接触到了某种需要用第三个术语（系统价值）来描述的事物。”同对于前两种价值的论述一样，罗尔斯顿再次将“价值”等于“事物”，这便引起了自然价值的主客观之辩的探讨。

（三）自然价值的主客观之辩

1. 自然价值的客观性

一直以来，在价值哲学的主流思想里只有人才能成为价值主体或价值判断尺度，没有人就没有价值。这种主观主义的价值观在对大自然做出评价时当然是以人类的利益为中心的，对人是否具有功用性是主观主义价值论评判自然价值的唯一标准，自然自身是不具有客观价值的。对于罗尔斯顿来说，正是主观主义价值论思想使人把自然完全当作资源库而随意索取，要改变这种范式，就必须超越这种人类中心价值论并找到一种内容更加广泛的理论，这对罗尔斯顿而言证明了自然价值的客观性。

罗尔斯顿将自然价值划分为十二种，其中既包含了人类赋予自然的价值，如经济价值、消遣价值、科学价值、审美价值、历史价值、哲学与宗教价值；又有大自然自身具有的、被人类发现的价值，如生命支撑价值、生命价值、遗传与生物多样性价值、多样性与统一性价值、稳定性与自发性价值、辩证（矛盾斗争）的价值。罗尔斯顿认为那些自然自身具备的内在价值便体现了自然价值的客观性，他说："在人类产生以前，有机体就从工具利用的角度来评判其他有机体和地球资源，有机体是具有选择能力的系统"，而另一方面，"须知人类的利益在生命进化的过程中是很晚出现的，难道地球有价值仅仅是由于出现得很晚的人类利益，而非地球远在人类出现之前就是一个有趣和充满生机的地方？"可见，罗尔斯顿认为大自然的有机体具有"兴趣、愿望、满足了的需要、存亡攸关的福利"，即自然有机体的价值，这种价值独立于人甚至先于人而存在，所以说自然价值具有客观性。

罗尔斯顿一直在强调自然价值的客观性就是希望能把"自然价值"确立为一种不以人的意志为转移的客观事实，对人类中心主义的价值观所依赖的哲学基础进行批判，并为他的环境哲学理论奠基。不过倘若我们把他的"自然价值"范畴替换为"物质"范畴，把"价值判断"范畴替换为"认识"范畴，那么罗尔斯顿的对于自然价值客观性的论证过程似乎与马克思认识论的内容极为相似。

2. 自然价值多元性与统一性的辩证关系

在证明自然价值的客观性时，罗尔斯顿指出在自然系统之中，并不是仅仅有人类这一个价值判断者，所有的有机体都会从自身的利益出发对价值进行判断，而这种判断只是一种发现，并不是对自然价值的创造。所以，在罗尔斯顿看来，人并不是自然界里的唯一主体，他否定了人与自然的二元对立，认为自然价值具有多元性和统一性。

罗尔斯顿认为自然价值的存在形式是具有多元性的，人只不过是自然界中的一种价值存在形式，与其他的价值形式之间是共存的关系。在大自然里，各种价值形式之间会互为工具价值，这些价值形式之间不断转化，这种转化则促成了自然价值的多元化。在解释这种转化时，罗尔斯顿指出：在微生物之间靠消化、分解进行价值转化；在植物之间价值通过同化或者异化转化；在动物之间价值通过生死厮杀来转化；在人类社会，则通过评价、体验、劳动等行为使自然价值转化为人的价值；只有转化，才有创造性，才会有新价值形式的继续产生。因此，“转化是一种善，包括自然界中的死亡和痛苦都是善。多样性也是一种善，因为多样性程度越高，转化就越多。”也因为如此，自然价值的各种转化的基础是自然价值的多元性，而自然界就是一个多元价值形式不断转化的活动整体。

自然价值除了具备多元性之外，各种价值还有统一性，即大自然内的有机体的多元的价值最终都统一在大自然的系统价值中，形成一个整体。在罗尔斯顿的自然价值理论里，他特别强调自然的系统价值。罗尔斯顿指出“自然系统这个生命之源将内在价值和工具价值结合到了一起”，即生态系统将自然界的有机体的工具价值和内在价值统一了起来，而且放眼整体，自然的系统价值本身即是自然的工具价值与内在价值的统一。由此可以看出，在罗尔斯顿的自然价值理论中，反对将人类与其他有机体割裂开来的思想，他认为人与其他有机生命体之间有着千丝万缕的联系，这种联系即是靠着二者之间的工具价值和内在价值的转化而形成的，最终这种转化将编织成一个总体系统，统一在整个自然界里，即自然价值具有统一性。

（四）价值走向荒野：自然价值评价的生物性回归

除了“自然价值理论”外，“荒野”的概念在罗尔斯顿的环境哲学体系中也有着十分重要的地位。在罗尔斯顿看来，荒野与“资源”是相对立的，体现了一种非人类中心的解读。荒野是一种自组织的生态系统，是那些以自我发展繁荣为目的的自然有机体的栖息之地，因此可以说是自然价值的源泉。罗尔斯顿在他的著作里提出“价值走向荒野”，也是考虑到自然本身的丰富意蕴，体现了对自然界内生命存在形式的一种思考以及人与自然文化的重新评价。

1. 生命存在价值的再思考

罗尔斯顿的思想受到现代西方生态学的科学背景和有机论自然观的影响，在他的《哲学走向荒野》一书中他说道：“面对自然，人们容易产生的一种极强烈的感情是恐惧，因为自然界以其漠然或敌意与生命对抗，从而产生一幅无序与残酷斗争的图景。”对于自然，罗尔斯顿给出了一幅残酷无情的画面。在这里，每个有机生命体都只为自己的延续而活动，除了要抗拒自己成为别的生命体的资源外，尽可能地将其他生命体变为自己的资源，因此荒野就是一个巨大的食物链金字塔，其中充斥着残酷的斗争和死亡，丝毫没有人类文化中被认为是有价值的同情与道德。这似乎呈现的是一个消极景象，那么荒野是否具备价值呢？对此罗尔斯顿的答案自然是肯定的。前面笔者也谈到罗尔斯顿对自然具有的整体概念，他认为“生命从来就不是封闭的，而是不断地在其环境中运动，从环境中摄取养分，并将废物排放到环境中”的。荒野就是一个克服熵增的、将无序抽走的大舞台，大地孕育生命也杀死生命，然后她又会生长出新的生命来代替被杀者，这种维持生命延续的能力，既具有“野性的奇迹”，又富含着“价值的奇迹”。

在罗尔斯顿对于自然价值的理解里，荒野中具有自身价值的生命体区别于他物的同时依附于他物，每个个体都在与其他个体进行价值转换中生存，这使价值继续得以保存，所以可以说资源的转换是从一条生命之河流转到了另一条之中，我们很难说在转换中有什么重要的东西丧失了。“荒野看上去是，而且实际上也是一场大的斗争；但它同时是对立面相互融合汇聚的一道生命的洪流。荒野一方面看起来为一堆杂乱的价值，但另一方面又是一幅复杂的价值的织锦。”罗尔斯顿的这番描述蕴含着他对个体价值乃至个体生命存在的思考，个体生命的诞生与消亡均是自然现象，死亡意味着个体价值的崩溃，但也意味着对其他个体价值的贡献，为其他个体的再循环提供了所需的能量，这便是一种生命集合体的“善”。从这个系统的整体来看，这种个体间的价值转移是整体克服剧增从而螺旋式上升的一种形式，所以“价值既是生物体的价值，又是进化的生态系统的性质”。由此可见，罗尔斯顿对于生命存在的价值意义的思考是具有整体主义色彩的。

2. 自然与文化的重新评价

罗尔斯顿用一种整体主义的思想将自然价值的负面评价转换成了正面的评

价。对于我们传统的文化，罗尔斯顿认为也应该进行重新判断和评价。一直以来，统治是人类文化中的一个重要的原则。罗尔斯顿分析了达尔文、赫胥黎、弗洛伊德、马克思等人的观点，虽然他们观点的内容不尽相同，但共同点是人类需要通过自身的努力驯服或征服大自然，相对而言，自然只是一个等待人类开发的资源库。在这种人类中心的文化体系中，资源被严重浪费的问题日益浮出水面，而且文化越先进，浪费就越严重。罗尔斯顿指出，我们之所以如此毫无节制地利用自然，是因为我们的文化对于自然本身缺少一种尊重的观念。在人类社会，我们一方面模拟自然想方设法地创造出一片象征着自然的天地，像是森林公园等，另一方面为了经济社会发展牺牲了真正的自然。"我们把什么应该最让我们激动弄错了，从而看不到巨杉与野牛、群山与间歇喷泉盆地是天然自然的优异成就。"如果我们不对我们的文化进行再思考，我们便无法对自然怀揣着由衷的赞赏的心态，更无法看到她的内在价值。罗尔斯顿并不排斥人类社会的发展，他曾说过"发展是好事"，不过人类应该具有这样一种意识："我们要为发展而牺牲一些自然时，得把荒野的价值考虑进去，看这样的发展是否值得。我们不能单方面对自然进行攻击，牺牲荒野而求发展，在图中画出来会是一条收益递减的曲线；发展是相对的，而不是绝对的。"

总体来说，荒野无所谓资本主义或是社会主义、民主或是专制、科学或是宗教，甚至公平、诚实等，她本身即是一个非人工的存在，是野性的、未驯化的象征，是一个有投射和选择能力的系统，是我们人类在现象世界中能够体验到的生命的最原初的基础，同时是生命最原初的动力。因此，对于自然的评价文化，我们需要从"没有利用者的自然是无用的自然"转变为"我们对自然的试用应该适应于自然的规范"，即检验一种文化是否完美，"不是看它是否能将全部的自然用于自己的消费，而是看它能否足够明智地选择社会价值，且保持自然的荒野价值，将自然作为生发出众多历史性成就的生命之源加以欣赏"。这便是罗尔斯顿对自然评价的文化的转向所做的思考。

二、罗尔斯顿对自然价值客观性的论证

罗尔斯顿的环境伦理学理论主张由传统的主观价值论转向客观价值论、由个体主义转向环境整体主义，实际上是主张人类在对大自然进行评价时，除了运用人的尺度外，还要坚持自然自身的内在尺度，要求人类对自然的评价要进入以自然存在本身为中心的客观参照系，抛弃对自然的抽象的、分析的、还原式的对象性认识，转向一种整体的、综合的、参与式的根源性理解。

英国学者奥尼尔曾说过："持有一种环境伦理学就是持有这样一种立场：自然界中的非人类存在物和事态拥有内在价值。"罗尔斯顿从内在价值角度证明人对自然的义务，他指出："凡具有内在价值的存在物，都有资格向那些具有道德代理人地位的人——当他们遇到这类自发地具有内在价值的存在物时——提出某些要求……自然物身上具有某些自在的价值，当具有义务意识的人接触到这些事物时，这些独立的价值就成了确定人的行为是否恰当（即正当）的根据。"

内在价值有多种含义。在主张自然具有内在价值的学者看来，内在价值就是主体所趋附的目的，即主体所追求或趋附的不作为任何其他目的之手段的目的。自然是拥有自己的目的的存在物，是价值的主体和价值的拥有者。"所谓自然界内在价值，就是自然界自己的价值，也就是作为客体的自然界对于作为主体的自然界的价值。"

罗尔斯顿对自然有机体把自身当作目的来捍卫的特性做了更为透彻的说明，在他看来，有机体是具有评价能力的系统，它能够生长、繁殖、修复创伤并抵抗死亡。有机体拥有某种属于它自己的善或目的，因而是价值的拥有者。"有机体寻求的那种完全表现其遗传结构的物理状态，就是一种价值状态。价值就存在于有机体所取得的这种成就中。……作为相互联系的生命之网中的一个网结，活着的个体是某种自在的内在价值。生命为了它自身而维护自己，其存在的价值并不取决于它对其他存在物所具有的工具价值……生命拥有某些它正在保存的东西，也拥有某些它正在追求的东西：它自己的生命。"

在罗尔斯顿看来，人类中心主义的价值观是一种主观上的价值观，因为其奉行的是一种没有主体就没有价值，从而否定客观事物具有价值的观点。这一理论基点不仅造成价值论层面上的弊端，还造成当代环境危机。因此，要想解决环境问题，就必须对这种主观的价值论进行批判，超越人类中心主义，肯定自然价值具有客观性。所谓自然价值的客观性是指自然价值能够不依赖人的评价、体验而存在，价值能够脱离人这个价值主体而存在。罗尔斯顿所阐述的这种自然的客观的内在价值，是不依赖于人的评价和体验而独立存在着的，是建立在对传统主观价值论的批判基础上的。只要能成功地论证自然的客观价值，就能够说明人类中心主义价值观在一定层面上是错误的，才能为罗尔斯顿试图建立的自然内在价值论奠定基础。因此，罗尔斯顿花费了很多心思，从以下三个方面论证了自然价值的客观性。

（一）从存在论的角度论证

从价值存在论的角度来看，早在人类这一物种出现之前，作为物种生存进化所依据的自然推测已经存在了，因此显而易见的是，作为客观存在的生命和自然界价值并不是被人类意识牵绊的。自然物质自身的性质、结构和功能决定了大自然系统中客观存在的自然价值。在内蒙古额济纳旗达莱湖布镇西南约 28 公里的地方，在一片大约 25 平方公里的范围内可以看见只有干枯的树枝而没有树叶生长的胡杨林，这些胡杨的主根可以穿越地层一百多米，它们历经数百年而不腐烂，依然直立在戈壁荒漠之上，形成形态怪异的悲凉景观。就像这片胡杨林，它们作为地球上的成员，是客观存在的，并不以人类意识为转移，它们的生命和存在不在乎也不需要人类的评价或体验。科学的发展不断揭示出后续事件（生命、人类心智）是建立在前导事件（能量、物质）基础之上的，不管它们在多大程度上已经超越了前导事件。我们看不到有什么理由，可以说价值是在自然进化到人类（或高等动物）层次时，突然出来的不可约简的现象。在人类评价能力突现的这一自然精华的高潮之处，价值是增加了，但在这以前发生的、导向这一高潮的前导事件中，价值也一直都存在。

罗尔斯顿环境伦理学关于人对大自然的道德义务正是以对自然、对人与自然关系的存在论的理解为前提的。在人类社会的历史进程中，人类文明的演进与人和自然之间关系的演进休戚相关。在原始社会中，人的生存完全依赖于大自然，这是由当时的生产力水平决定的，人类因此并没有将自身与自然、客体与主体区分开来。早期人类处于完全敬畏自然和崇拜自然的状态，他们只是自然界的一部分。正如马克思所说的那样，自然界起初是作为一种完全异己的、有无限威力的和不可制服的力量与人们对立的，人们同它的关系完全像动物同它的关系一样，人们就像牲畜一样慑服于自然界。

自然价值先于人而存在，人反倒是自然价值的产物，而非自然价值的原因和源头。罗尔斯顿认为，如果从进化史来看，作为物种进化产物的人类在价值中只是一个迟到的参与者，只是在这一进化过程中逐渐发展出有别于其他生物的独特的主观意识，而其他先于人存在的自然生命都有价值。假使我们只承认主观生命而否认客观生命，人类的价值从何而来的问题就无异于空中楼阁，无从谈起了。通过上述论述，我们可以很简单地看出自然价值的客观性，自然的价值凌驾于人类及其意识之上，它们独立地存在于自然界中。罗尔斯顿说："大自然是一个进化的生态系统，人类只是一个后来的加入者；地球生态系统的主要价值在人类出现以前早已各就各位。大自然是一个客观的价值承载者。"在这里，罗尔斯顿所采纳的就是自然中心论的价值立场，即把自然价值完全等同于物质、事实，而不是把自然价值看成事实或物质满足人的需要的关系。

卡里考特对此进行了批判，并提出了一种非人类中心主义的价值论观点。他说："人的意识是所有价值的根源，但这丝毫不意味着所有价值的聚集地都是意识本身或意识的某种样式（如理性、快乐或知识）。换言之，某物之所以有价值，可能仅仅是由于某人赞美它，也可能是因为该物本身而赞美它，而不是由于它给评价者所带来的主观体验（快乐、知识、审美满足等）。价值也许是主观的、情感的，但它也是意向性的，……一个具有内在价值的事物是由于它自身的缘故而被认为有价值的，它的价值是自为的（for itself），而不是自在的（in itself），也就是说，不是完全独立于某种意识的，……从原则上讲，任何价值都不可能完全独立于一个正在评价的意识而存在。”

卡里考特认为他自己的观点是一种非人类中心主义价值论，由于人是根据实物本身对事物进行评价的，而非仅仅由于事物带给人的功用等——这就为各种生命尤其是有感觉能力的动物作为价值评价的主体打开了通道，在这个意义上，卡里考特确实能够走出人类中心主义。但实际上卡利考特仍然坚持认为价值依赖于人的情感，“由观察者的主观情感投射到自然实体或自然事件中去”。

如果所有的意识都突然消失了，那么世界上就不再存在善与恶、美与丑、对与错了，存在的只是僵死的现象。卡利考特对人类中心主义的批驳并不彻底，这是缘于其观点并不是站在客观的立场的，而是有主观主义色彩的。

罗尔斯顿认为卡里考特的这种观点是一种充满逻辑矛盾的范式，罗尔斯顿把这种观点称为“内在价值人造论”。罗尔斯顿对这种内在价值人造论提出了以下几个方面的质疑。首先，人虽然是这个自然界中最高级的生物进化体，具有思维与动手的能力，但是其他物种也都是依据自身的价值而独立存在着的，这份内在的价值并不会因为人类的出现或者消失而变得可有可无；其次，人类虽然可以通过评价、体验来感受事物的价值，但是这份评价与体验并不会反馈到事物身上去，这还能够说明价值是主观的吗？最后，赋予事物价值，并不代表它就具有这种需要被评价的特性，不管人这一评价者出现与否，并不会改变事物所具有的价值。也就是说人评价事物的价值这一行为是主观的，但是接受评价的事物确实是客观的。这就从存在论的角度论证了自然价值的客观性。

（二）从认识论的角度论证

从价值认识论的角度看，在客观上人的认识指导并推动了自然界价值的发掘，人类的主体性与自然的工具价值相互渗透，但是这种主观认识还反映出自然作为客体本身的内在价值。虽然从笛卡尔以降的主客二元的认识论意义上说，离开了人自然界就无所谓价值可言，但这种主观认识最终还是必须来自对自然客体的（主观）反映。正如前文所说，价值认识的形式是主观的，但其内容是客观的，它是对事物的客观属性的反映。罗尔斯顿认为，在传统人类中心主义的观点表述中，总是会引起一种所谓的“兴奋经验”，不可否认的是，在我们的客观实践中，确实存在着这种体验，所以说这部分自然客观地存在着价值。但是当出现并不等同于上述的经验时，很可能受我们自身对经验的接受能力的影响。如果价值与主体息息相关，那么经验感觉不出价值的存在，就不会构成问题。罗尔斯顿如此反驳：“但是，我们确实在和自然接触时产生了兴奋的体验，这如何阐述呢？只能说，或者他们是主体的‘表象’，或者在人带来价值之前，自然有价值的可能性而无实际的价值。”罗尔斯顿觉得，第二种说法中有太多的‘附带现象’‘反映’‘突现’‘潜能’之类的词语，把太多的内涵置于这些词语中，在理论逻辑的角度上变成了问题。他认为，两种说法之中，“我们的理论”也就是自然的内在价值理论更具有说服力。

自然内在价值论的本体论立场，相应地带来了一个认识论的问题：如果说自然价值是客观的，是不依赖于人的意志存在或者改变的，那么在这样的理论前提下，又怎能说服人类知道自然界有它自身价值这一观点呢？对此，罗尔斯顿认为，要认识自然价值的性质，就得感知。人进行感知自然价值的基本方式是评价和体验。人是通过这样的一种方式把握对象所具有的价值的。具体来讲，人在排除各种功利性需求后，对事物所进行的“静观”（即观察）就是评价和体验。评价和体验存在于人们生活的每一个角落。这也是人超越自身，全身心地投入到对象中的方式。

对自然价值的评价和体验是人感知自然价值的基本方式。他认为，评价、体验的能力本身是自然价值进化出来的人的价值，因而是可以感知自然价值的。评价和体验不同于认识，认识是人把握对象“是什么”的方式，而评价、体验则是人把握对象自身“有什么价值”的方式。它是人去标识（register）自然价值的方式，它确认自然界存在物有什么自在的内在价值，而不是确认自然物对人有什么价值。具体而言，是人超越其本身，全身心地投入到对象中去的一种方式，它是人在排除了各种功利需要后对事物的“静观”。通过评价和体验，人就能感悟到自然价值的存在。罗尔斯顿认为，科学是一种纯客观的学科，虽然也是反映人对自然界的评价和体验，但与人的主观因素无关；“只有过滤掉科学的实用价值，人们才会发现大自然的纯科学价值”。

他认为，评价、体验不仅是人感知自然价值的一种方式，还是自然价值转化为人的价值的另一途径。他认为，评价、体验是人对于自然价值的一种“翻译”，通过翻译，自然价值进入人的世界。但是必须看到，人的评价、体验在不同的时空条件下只能感知自然价值的一部分，而未被评价、体验到的部分仍然存在。他认为，人的评价、体验具有历史性和局限性，自然价值则具有全面性和丰富性，并且在不断进化着。“未被体验到的价值的存在……并不是一个自相矛盾的词语，除非人们把价值定义为‘必须被体验到的’。”

为了彻底论证自然价值的客观性，罗尔斯顿认为，人对自然价值的评价、体验并不仅仅是一个心理过程，还是一个生理过程。他提出：“也许，生态系统所产生和承载的价值以及作为后来者的人类对它的有意识的价值评价行为，都不完全是主观的。”

在对价值的评价中，某一些评价依赖于人的主观喜好，另一些则是客观的。罗尔斯顿以此说明自然价值的客观性——因为人类的客观的生理过程对于自然之客观价值的利用，不可能是在主观价值论立场指导下进行的，而是早在人类有明确的主体价值意识之前就已经大体奠定的价值利用方式，从而说明了自然价值不必依赖于人的主体性意识。

在过去人类中心主义者的眼里，人是大自然唯一具有内在价值的存在物（道德价值也是人之内在价值的一种体现），环境伦理的考虑重点在于如何最终保障人的利益，因为人只对人负有直接的道德义务，人对大自然的义务只是基于人的利益之上的一种间接义务。从普罗泰戈拉的“人是万物的尺度”到康德的“人是目的”，非人类存在物一直都被西方主流思想家排除在道德关怀对象的范围之外，在他们看来，道德仅仅是调节人与人之间关系的行为准则，而就动物而言，我们不负有任何直接的义务，动物不具有自我意识，仅仅是实现外在目的的工具。罗尔斯顿则通过上述论证，通过对人感知、体验进而评价自然价值的描述，论证了自然本身就不依赖于人的价值，从认识论层面打破了人类中心主义看待自然价值的传统方式，在道德理论上为人类承认自然价值并进而尊重自然价值留出了空间。

（三）从实践论的角度论证

实践是自然价值向人的价值转化的必要手段。罗尔斯顿认为，客观存在的自然价值依旧可以转化为人的价值。它通过有目的、有意识的人类实践活动如经济、生产、劳动等中介，渗透到人的文化生活中，从而被塑造成一种价值。与传统意义上的价值转换形式不同的是，在这种转化过程中价值本身不会增加或者减少，自然价值是固定存在着的不变值，人类实践只是重新整合其形式并导致其外在的变化而已。罗尔斯顿采纳了巴里·康芒纳（Borry Commoner）的生态三定律，即所有的事物都是相互联系的；除了循环，无物消亡；大自然最有智慧。这里的第二定律与能量守恒定律显然是一致的，与能量守恒定律相辅相成。罗尔斯顿不仅说明了自然价值与人的价值之间的不同，即不以人的意识为转移，还说明了它们之间的联系，自然价值能在一定条件下转化为人的价值。从而论证传统人类中心主义理论以是否能满足人类需求为标准判断事物价值的狭隘性。

罗尔斯顿之所以反复论证自然内在价值的客观性，目的在于把自然内在价值确立为一种客观事实，从而彻底清除人类中心主义价值观，并为环境伦理奠定一个客观基础。如同菩提树下一秒间的灵光乍现，罗尔斯顿所说的“静观”在言语中闪现着他对于古代东方哲学类似于“天人合一”境界的向往。他曾说过，禅宗在尊重生命方面是值得人们钦佩的，它并不在事实与价值之间，在人类与自然之间标定界限。在西方人看来，自然界并没有内在的价值，它通过科学和技术的力量，才逐渐有了其作为工具的价值。自然界不过是一种有待开发的资源。而禅学并不是人类中心论，并不倾向于利用自然，相反，佛教许诺要惩戒和遏制人类的愿望和欲望，使人类与他们的资源和他们周围的世界相适应。

我们知道禅宗懂得如何使万物广泛协调，而不使每一物失去其自身在宇宙中的特殊意义。禅宗知道怎样使生命科学与生命的神圣不可侵犯性相结合。罗尔斯顿从古代东方哲学智慧中汲取灵感，学习其中尊重和理解生命价值的思想，并通过这种思想来帮助人们建立一门以自然内在价值为核心思想的环境伦理学。

第二节　莱斯利·西尔科的生态整体主义思想

一、生态整体主义思想概览

美国著名生态思想家和生态文学家奥尔多·利奥波德（Aldo Leopold）在20世纪初期便呼吁和倡导生态整体思想，其生态整体思想构成了当代生态主义的核心理念和理论支撑。20世纪初期，利奥波德将他的文章和演讲整理成书稿，取名《大地伦理》，他在书稿修改尚未完成时离世，他的儿子整理和修改了书稿，并于1949年结集出版，书名改为《沙郡年鉴》（*A Sand County Almanac*），这本著作集中体现了其生态整体观。

利奥波德曾指出要注重大地的整体性存在，他强调人类应该尊重大地，因为大地有“某种程度的生命，对于这些生命我们应该尽可能本能地给予尊重”，人类对大地的尊重并不是因为实用性原则，而是因为大地为人类的生存和发展提供了物质及资源，它是人类生存的载体。

此外，利奥波德的生态整体主义思想还强调其目的是实现生态的可持续发展，并明确表明人类存在的重要社会责任之一是其生态责任。利奥波德将肆意破坏环境的人类比作薯虫，如果人类破坏地球的行径持续下去，那么生态危机会日益加重，人类的命运便等同于薯虫的命运。与动物相比，人类具有理性思维，因此人类应该担负起生态责任。于是，利奥波德进一步明确了生态整体主义的评判标准，“有助于维持生命共同体的和谐、稳定和美丽的事就是正确的，否则就是错误的，”利奥波德用简洁的语言道出了生态整体主义的判断标准，标志着人类开始从宏观层面认识到生态圈是一个整体的思想，并将此作为约束自己行为的准则。

作为生态整体主义的创始人，利奥波德用“生物区系金字塔”这一著名的术语诠释了人类与动植物之间密不可分的联系，对于这个金字塔的结构，他认为“底层是土壤，植物层依赖于土壤层，昆虫层又依赖于植物层，鸟和啮齿类动物又依赖于昆虫层，”而“人类只是这座复杂的、高高的金字塔中成千上万的增添物之一。”利奥波德从整体与部分联系的角度论证了人类在地球万物中的地位和等级，指出各类生物在生态圈中的生态位置，因此生态整体利益为各类生物生存的根本利益。

上述可见，利奥波德的生态整体主义思想要求人类要注重与各类生物之间的关系，明确生态责任，并以生态整体主义的标准作为行为准则，以生态整体利益为根本利益。

美国原住民在长期的生活实践中一直信奉宇宙是一个相互联系的整体，人类的一切活动与宇宙体系的运作相互作用，自然与人类的活动有着密不可分的联系，自然和人类生存在一个共同体之内，他们共担并共享自然的变迁。美国著名本土学者小瓦因·德洛里亚被誉为20世纪最伟大的宗教思想家之一，曾在其著作中指出印第安宗教传统认为“宇宙万物都完好无损一起运作维持下去……人类和宇宙的其他部分相互协作、相互尊重，肩负伟大的神灵所赋予的重任，”印第安人的这种宗教信仰决定了在他们的意识中，人与宇宙万物之间的相互尊重和爱护是万物生存的前提，也是生态共同体存在的基础。德洛里亚继而认为印第安人的这种宗教信仰决定了部落中的族人必须和其他生物保持恰当的关系，在部落群体中展开自律，人类才能与其他生物和谐共处。

印第安人的生态整体观与利奥波德的生态整体主义所强调的观点一致。随着全球范围内生态危机的日益严重，人类反思西方文化为生态危机的文化根基已成为时代的要求，美国印第安文化传统中倡导的人与自然和谐、与万物平等的生态整体观为解决生态危机提供了文化基础。

美国印第安人是北美大陆最早的定居者，他们在艰苦的生存环境中和与自然万物的和谐相处中形成了朴素的生态整体观，具体而言，印第安人的生态整体观主要包括以下三点。

第一，印第安人的生态整体观主张整体、平等及和谐。他们将自然万物视为平等的整体，在他们的生态思想中，生态系统是平等的、有机的、和谐的整体。印第安人的生态整体观认为人类对自然的破坏必将损害自身的利益和存在，因此印第安人的生态整体观强调人类是生态系统的主体，生物个体也是生态系统的主体，生态整体意识是人类可持续发展的重要前提。

第二，印第安人的生态整体观强调万物内在的、本质的联系。印第安人认为生态系统内部万物具有严密的内在联系，他们认为“世界是一个具有内在关联的动态系统，是事物间动态的、非线性的、永无止境的相互作用组成的复杂关系网络，”人类与万物的动态关联决定了人类不能以自我为中心，而应从内在联系的角度出发维护生态系统的完整和健康，因为“大自然的各个不同部分就如同一个生物机体内部一样是如此紧密地相互依赖、如此严密地编织成一张唯一的存在之网，以致没有哪部分能够被单独抽出来而不改变其自有特征和整体特征”。

第三，印第安人的生态整体观主张其生态思想的传承性和教育性以及人类在生态共同体中该承担的生态责任。对于印第安人而言，生态整体观是历代祖先在实践中形成的生态智慧，他们努力通过多种方式将生态思想传承给后代。

二、西尔科与《绿松石矿脉》

继三部长篇小说之后，2010 年西尔科推出新作《绿松石矿脉》。这是西尔科第一部也是唯一一部非虚构类作品，并再一次得到评论家和读者的广泛关注和高度赞扬。美国本土诗人西蒙·欧迪斯（Simon J.Ortiz）称：“绝妙的……从响尾蛇到她徒步行走的图森山脉到她家的故事再到星辰的传说，西尔科邀请我们进入她令人惊异的思想。”华盛顿邮报评论为：“迷人的……西尔科写到很多事情，有对朋友和家人深情的描写，也有对历史、人性和宇宙尖锐的观察。”正如所有评论所言，《绿松石矿脉》与前三部作品相比风格迥异，结构新颖，立意独特且直抒胸臆，是一部集土地、历史、家族史、自然于一体的作品。在《绿松石矿脉》中，西尔科试图将多主题杂糅在一起，她引领读者穿梭于亚利桑那的索诺兰沙漠中，行走于图森的山脉间，她将她生活了 30 年的地方以自然清新的风格展现给读者，同时将历史事件插入回忆录中，再一次揭露历史上人类遭受的生态灾难和心灵创伤。西尔科曾经坦言：“在我写回忆录之前，我就决定要尽量避免不愉快、争吵和政治性。”她将全书分为五部分，第一部分是“祖先”（Ancestors），书中祖先的所指外延宽泛，不仅仅指西尔科家族中的血亲祖先，且还指涉生存环境中那些被人类忽略却与人类永相伴的“性灵”。印第安人信奉万物有灵说，性灵祖先与自然万物已经内化为他们精神世界的一部分。第二部分是“响尾蛇”（Rattlesnakes），西尔科再一次写到印第安文化传统中对蛇的崇拜，她认为“蛇”是去世祖先的信使，且她对蛇的各种照料和爱护让人动容。第三部分的主题是“星星人”（Star Being），印第安认为遥远的星辰并不是神秘不可测的物体，而是生活在另外一个世界的人对活着的人的关注，西尔科试图通过画笔与他们进行交流。第四部分是“绿松石”（Turquoise），绿松石是整部作品的中心，在西尔科的生活中也具有多重内涵，所以这部作品以绿松石命名。“绿松石并不是产生于地下的深层，如同很多稀有的矿物和宝石那样。当表层的矿物质经历气候变化并产生一定的化学反应后才会形成绿松石……它还意味着水源的存在，”可见，绿松石对于原住民而言还颇具象征意义，它时刻提醒人们土地、水源和环境的变化。最后一部分是“查普林阁下”（Lord Chapulin）。“查普林阁下”实际上是一只蝗虫，西尔科将它命名为阁下，因为他“也许是雨神”，他还可以与西尔科进行精神的沟通。

在这部回忆录中，西尔科以绿松石为象征，通过描述动物、昆虫和鸟类，如响尾蛇、马、老鼠、鹦鹉、马士提犬、蜜蜂、蚂蚁、蝗虫、蜂鸟等，伴随着云、雨、风、沙等，她将图森的地域景观描写和自己的所思所想集于文字跃然纸上。她借助万物将自然形成一个整体，传递着印第安人自古形成的生态价值观及生存智慧。她愤慨于人类仍旧在干旱的河谷中挖掘砂石而谋取利益，痛心于人类的短视行为并四处奔走投诉。她保护着身边的生物使它们免于饥寒或者侵害，她就像一位使者守候着沙漠及附近的一切。她与地方和自然融为一体的生态智慧让她成为美国西南部的梭罗和西方的陶渊明，而《绿松石矿脉》则是撰写于沙漠之中的《瓦尔登湖》和《桃花源记》。

她对待万物的态度蕴藏着她的生态整体主义思想，正是像西尔科这样的本土作家在文学作品中对印第安生态观的不断阐释和传承，才使印第安文化传统中的生态思想在生态危机频发的当下保持着强大的话语权和影响力。

（一）《绿松石矿脉》对印第安生态整体观的阐释

诸多美国本土作家通过文学创作阐释了生态整体观，他们通过诗歌、散文、回忆录、小说等形式表达并传承印第安生态整体观。作为一名具有混血血统的美国本土作家，西尔科继承了印第安普韦布洛讲故事的传统。西尔科正是用讲故事的方式表达了印第安的世界观和生态观，也传递了她对文化、历史和人类与万物关系的理解。基于印第安讲故事的传统，西尔科在《绿松石矿脉》中通过讲故事的方式从生态整体观的高度关注人类与自然。

西尔科在回忆录中以“绿松石”为载体，表达了印第安文化传统中生态系统之间相互联系的生态观。她认为“在我早年的岁月里，自然界的动植物在我意识中比人类占有更重要的位置……我更喜欢独处，或者与猫儿、狗儿或者马儿相伴，而不是人类，”她对动植物的特殊情感通过她的日常行为表现得淋漓尽致。出现在她家附近的响尾蛇是她的朋友，她为它们寻找栖身之所，尊重它们，甚至与蛇同居一室，而响尾蛇对西尔科也丝毫没有攻击性，因为“它知道我是蛇的朋友，”她认为蛇是已离世母亲的化身，当她看到两条蓝色响尾蛇时，“我立刻想起了我的母亲——那里是她现在所在之处——她的人形和能量与清晨蓝色的光亮结合在一起。两条蓝色响尾蛇引起了我的注意，它们是她给我传递的信息。”她还照顾飞往她家前院的蜜蜂，为它们准备好糖水，还细心地防止蜜蜂会淹死在盛有糖水的器皿中，“蜜蜂能理解友好。当我试图挽救溺水的蜜蜂时，它们从来不会蛰我。”在很多年里，蜜蜂都会按时飞回西尔科的前院。她还拒绝毒杀房子周围的老鼠，因为老鼠在部落干旱的时节曾经挽救了众多族人的生命。在徒步山区时，她停留下来观察蚂蚁，并赞扬蚂蚁的勤劳和伟大。她对蝗虫亦情有独钟，将蝗虫称作“查普林阁下”，为它画像，并进行精神的交流，她会为受伤的金刚鹦鹉找兽医疗伤，每天按时给蜂鸟喂食，除了动物、鸟类以外，她小心翼翼地对待周围的植物。

在西尔科的回忆录中，她尽力通过书写描绘着一个充满鸟语花香的世外田园和诗意栖居地。在这里，只要人类对动物示以友好，动物就不会攻击人类，鸟儿会按节气回到人类的家园。从她的字里行间，读者可以体悟到印第安人的生态整体性思维，正如西尔科所言：

植物、鸟、鱼、云，甚至泥土——它们都与我们相连。老人们相信，所有的事物，甚至岩石和流水都有灵魂和生命，他们认为所有的事物都只愿保持不变，……只要我们不打搅它们，所有创造出的事物就保持着相互和谐的状态。

人类作为生态共同体中的一部分并无主体优越性，而需要为整体性的生存承担相应的生态责任和义务，斯奈德曾评论：“计划在相同的地方一起生活的人类将希望把非人类也包括在他们的共同体意识里。这个观点是新的，它说明我们的共同体并非结束在人类的领域；我们与一定的树、植物、鸟、动物一起组成一个共同体。”生态共同体的存在依靠“一切有抑或没有生命的事物间的和谐与合作，”正是印第安人这种对生态整体观的认同与推崇决定了他们生态的生活方式。

西尔科在《绿松石矿脉》中构建了云、雨、星空与人类统一的和谐关系。云和雨是人类亡灵的化身，印第安传统认为人类死后变为云雨继续关注着世间的族人，他们化身云雨并以水的形式继续庇护着世间万物。水在人类生活中的重要性不言而喻，西尔科将回忆录命名为绿松石，实质上暗指的便是水，印第安人还相信星星生活在另一个世界却注视着人类的世界，回忆录中的星星人是

“人神合一”的象征，西尔科可以跟星星人进行灵魂的交流，她借星星人的口吻告诫人类破坏生态行为的可悲，这是对现代人该如何维护生态和谐并持续发展的告诫和启示。当西尔科在《绿松石矿脉》中描写鸟类、植物、动物、云和雨之时，她不仅要展现一幅和谐美景，更重要的是传递人类负有维护生态共同体完整和谐的生态责任。

西尔科在描绘和谐美好画面的同时，深深地担忧人类破坏生态的行为。她气愤于人类随意将垃圾丢弃在自然界的行为，并身体力行地捡起河谷中的垃圾，“当我步行时我会捡起我发现的垃圾：玻璃碎片，一块带‘四个车轮’的挡泥胶皮，还有些裹着红色和黄色外皮的电线。”当她目睹人类为了追求经济利益而用机械大肆挖掘河谷中的砂石时，她奔走投诉并试图阻止人类进一步的破坏，因为在印第安人眼中：

巨大的河谷本身就是一个生态系统。动物和人类用河谷作为穿越陡峭不平的山丘和玄武岩山脊地带的道路，大的河谷可能会横贯私人领地，但是野生动物、行人和骑马的人有权穿过这些河谷……挖掘的机器不仅挖走了砾石，还破坏了整个区域，让许多动物变得无家可归，饥饿而干渴。

印第安人将干涸的河谷视为生态共同体中重要的一环，而人类的挖掘势必会影响生态共同体中其他生物的生存和利益，所以他们无法容忍这种破坏生态和谐的行径。

西尔科在回忆录中将家庭、历史与自然进行了线性层叠叙述，将孕育于印第安传统中的生态整体观展现在世人面前，他们对一切生命的热爱，对云雨星辰的谦恭，对祖先性灵的尊崇，将印第安人朴实的生态智慧内化于精神世界且外化于日常生活。西尔科在回忆录中表达的生态整体思想不仅是印第安人的心灵指南，也为处于生态困境中的现代人类带来莫大的启迪。

（二）地方与全球：西尔科的生态地方主义与生态世界主义观

当今的生态批评发展由于受美国环境主义的启发而体现出生态视野与实践上的地方性，而随着生态批评的发展和全球环境危机意识的增强，21 世纪的生态批评表现出向生态世界主义的重要转向。有不少学者甚至开始批判生态批评内部的地方性生态思维，然而，生态地方主义与生态世界主义并不是两个相悖的生态批评方向，从生态地方主义到生态世界主义的转向是历史发展的要求，其内部存在联结性和统一性，也是生态整体主义思想的发展延续。西尔科的《绿松石矿脉》较好地体现了两者的统一。西尔科笔下的“地方”体现了其对人与自然和谐关系的具体探索，承载着她对人与自然关系的新型创造性思考，而全球意识也是西尔科试图通过作品来抒发和强调的。西尔科的《绿松石矿脉》如何体现生态地方主义，又是如何阐述生态世界主义思想的，这些正是本节要深入探讨的论题。

1. 西尔科作品中的“地方”

美国本土文学文本中的重要主题即为探讨“地方”“地方意识”及其生态性，美国印第安人的“地方意识”不仅根植于他们的文化传统中，而且在当今人们重新考量人与自然的关系中体现着其传统生态价值，印第安文化中蕴藏的“地方意识”与他们的身份建构紧密地联系在一起。比如，当代著名的美国本土文学代表作家厄德里奇、莫马迪、韦尔奇等作家在他们的作品中均具有明显的地域色彩和生态关注。他们均以自己生活的印第安部落为文本背景，厄德里奇以写龟山带齐佩瓦部落的故事为主，莫马迪作品的主要背景为纳瓦霍和阿帕契部落，韦尔奇关注印第安黑脚族的故事。在他们的笔下，部落即为“地方”，他们通过对印第安口述传统和神话故事的发掘传承印第安人的生态生存方式，具有浓重的生态地方主义写作痕迹。

自 20 世纪 70 年代以来，生态地方主义（bioregionalism）是生态批评学者们关注的重点。生态地方主义是一场以“地方”为核心的政治运动和生态运动，它发端于美国的西部，以皮特·伯格、吉姆·道奇、加里·斯奈德为主要代表人物。生态地方主义运动与美国的环保运动交织在一起，是一场关注地点感、归属感和家园感的运动，美国著名生态批评研究学者斯洛维克教授认为生态地方主义指的是“生命的领地、生命之地，或者说生命的自治，”“‘生命的地方'（life-place）是一个独特的地区，由自然的分界（而不是政治的分界）来定义，拥有地理的、气候的、水文学的、生态的特点，能够支持独特的人类和非人类的生命共同体，"因此，生态地方主义注重关注某个特定地方的自然、文化及生态。生态批评家将"地方"提升到重要位置，并将特定地方的自然、生态和人类文化并置，尝试建立"地方"与人类文化的新型关系，这也是生态批评研究外延的深化和发展过程中的重要转向。

西尔科的文学创作尤其注重生态地方主义书写，她在《自然、历史和普韦布洛的想象》一书中认为：

作为地球母亲的儿女，古普韦布洛人知道，如果没有特定的自然环境，他们就不能定位自己的身份。位置或"地方"几乎在普韦布洛人的口头叙述里起着重要作用。

可见，"地方"在印第安文化传统中占有重要地位。西尔科所有作品几乎都以拉古纳普韦布洛为背景，普韦布洛就是她笔下的"地方"，通过写普韦布洛的自然、传统和文化，读者对这个"地方"有了深层次的了解，不仅如此，西尔科通过"地方"书写体现了她的"地方意识"，"地方事实上是世界存在的基本方面……对于个人和团体来说，它们是安全和身份的来源，"正如前文所述，西尔科在《绿松石矿脉》中提到人类用大型机械破坏干涸的河谷的行为，是对"地方"生态的破坏，而这些破坏"地方"的行为严重影响了人类与地方万物的存在本质和生存空间。地方对人的生存起着重要的作用，西尔科在作品中呼吁这种行为应该停止，人类对地方的破坏势必引起人类与地方关系的疏离，进而会影响人的生存这一根本问题。

西尔科的生态地方主义还强调生态共同体意识和生态所属感或称为存在感，即人与地方万物同属于地方生态圈的所属感与存在感。地理学家莱尔弗认为"某一些地方比其他的地方更真实，而且那种共同感、所属感和'地方意识'只能出现在那些人和地方的联系深深扎根的地方"。在《绿松石矿脉》中，她记录了一有空闲就步行于亚利桑那州索诺兰沙漠和图森山脉之间，她在那一片生活了30余年，她与这个“地方”有深深的联系，骑马穿行于山脉或者步行于河谷已经成为她生活中重要的一部分，也是她感知自然的重要方式，“真实的地方意识首先是你必须深入其中，属于你的地方，既作为个体，又作为一个共同体的成员，”西尔科将自己作为个体和共同体成员充分融入她扎根的“地方”。她所描写的植物都是极易在干旱的地方存活的物种，干旱、少雨及高温等地方性气候也是她在作品中多次提到的，西尔科文学世界中的“地方”是万物的“地方”，包括了人类与非人类的统一，即植物、动物和人类都是交互作用的生态共同体的组成部分，她进一步强调的人与“地方”万物平等和生态共同体意识完全超越了狭隘的本土主义。西尔科的一部回忆录可谓是一部“地方”的面面观，正如生态地方主义的拥护者美国生态诗人温德尔·伯瑞（Wendell Berry）所认为的，“没有对一个地方的综合了解，没有对一个地方的忠诚，那个地方独特的自然生态、自然景观就会被粗暴地改变，最终导致毁灭，”正是基于对生活的地方的全面了解，西尔科对“地方”深厚的情感依恋体现了她所追求的和谐共生的美好生态境界。随着全球化进程的加快和工业的迅速发展，自然环境被严重破坏，人们对地方的归属感逐渐丧失。

西尔科在《绿松石矿脉》中表达的生态地方主义从客观角度超越了人与地方相互依存的单一关系，而升华为对“生命的地方”的关注，即对“地方”中生活的一切生物体的关注，从某种程度而言，是与“非地方”或者“无地方感”相抗衡的一种地方意识的表现，也是应对全球生态危机的一种回应。

2. 西尔科作品中的“全球”

在众多生态批评的研究学者中，乌苏拉·海瑟（Ursula K. Heise）教授有创建性地提出了全球化视野下“生态世界主义”（Eco-cosmopolitanism）的观点，她于2008年发表的著作《地方感与星球感：全球环境想象》（*Sense of Place of Planet*: *The Environmental Imagination of the Global*，2008）详尽阐述了生态世界主义。她认为，“一个具有生态取向的思潮仍需与现今的全球伦理论协商。也就是说，地球的社会与社会间日渐连接在一起，此连结包括了一些新的文化模式，而这些新的模式不再固定在地方上。这样的一个新的过程，许多理论家如今已将之称为‘去地域化’（Deterritorialization），”海瑟的生态世界主义在考虑到地方的同时，又兼顾了全球。

当生态世界主义理论和“去地域化”提出以后，学界引发了一场争论，两者的立场和观点是相冲突还是相嵌入？学者们众说纷纭，各执一词。部分学者认为应该完全摈弃生态批评研究中的“地方性”，因为随着生态危机的全球化，“地方性”已经不再与时代背景吻合，亦有部分学者提出应该坚持“地方性”，因为全球是由地方构成的，“地方性”是时代背景下不可忽略的要素。笔者认为，“地方性”与生态世界主义并不冲突，在全球化背景下，多重“地方性”或者跨文化的“地方性”可以与生态世界主义结合起来，“世界”就是一个更大的“地方”，只有这两种思维的结合，增强全球意识，才能更好地解决全球面临的生态问题。

作为美国本土文学中具有生态意识的代表作家，西尔科深受生态批评发展浪潮的影响，她对“地方性”和全球化意识建构的成功之处在于，她关注了“地方性”，并注重“地方性”与全球化的有机联系。西尔科的小说《典仪》以弘扬“地方性”生态观为主题，《死者年鉴》中则打破单纯的“地方性”写作，实现了跨文化、跨种族和跨地域的结合，将写作视野和写作主题构架于全球意识的范畴中，表达了渴望实现全人类统一以抵制殖民统治和生态危机的愿景，即生态世界主义的视角。而在《沙丘花园》中，她更是以宏大的视野追溯欧洲古老文化范式，打破欧洲古文化、西方文化与印第安文化的藩篙，实现了跨文化的沟通和融合，将各民族文化中的生态思想呈现在全球意识之中。

《绿松石矿脉》是一部回忆录，国内对这部作品的研究较少，在这部回忆录中，西尔科延续了“地方性”的写作主题，但也清晰地传递了生态世界主义的思想。她将家园之美视为世界之美的构成部分，在叙述图森以及河谷中的各类生物和谐共存的同时，她关心所有的生命及其生态状况，批判一切破坏地方生态共同体的行径，实现“本土”和“全球”的相互融合，所以在回忆录的结尾，她写道："维纳斯是黑夜里的太阳，每天晚上都变得更大更明亮。"维纳斯在她笔下化为一轮夜间的太阳，普照全人类。西尔科在写作中还关注"地方"与"全球"的对话，她认为"地方"并不排斥"全球"，因为"全球地思考和本土的思考将并肩而行；本土行为就是全球的行为"。

此外，西尔科通过写作注重从道德层面宣扬生态思想并培养人们关爱环境的意识，她还努力从审美层面陶冶人们对于所居住的特定"地方"的诗意情怀。西尔科倡导人们要在"地方"与其他生命共同体实现诗意地栖居并将这种生态情怀推广至全人类，从而实现全球生命共同体的主体价值，就像布伊尔所言："在21世纪，只有当'地方'与'行星'的关系被人们理解为相互依赖的时候，'地方'才会变得真正有意义。"布伊尔此处的"行星"意为全球，他试图揭示的是"地方"与"全球"的关系。

通过《绿松石矿脉》可以归纳出西尔科在"地方"和"全球"生态意识方面的主要贡献。

第一，她倡导人类在思想和精神方面要真正理解全球视野下的"生命地方"的真正内涵。"生命地方"不仅仅是生活的地方，也是人类共同的家园，人类对其要有爱护意识和生态责任。

第二，西尔科对印第安人地方文化的呈现有效解决了自然与文化之间的关系。地方文化与自然密不可分。人类生活在一个地方，就是地方的一部分，应该传播地方文化，秉承地方的文化精髓。西尔科将印第安文化的生态智慧与地方性完美结合，寻求可持续发展的可行性，并将这种生态文化精神通过文字传承给后代。

第三，关注人类与非人类共同组成的生命共同体的集体命运，完全摈弃以人类为中心的思想，以地位至上原则对待非人类生命共同体，人类共同体与非人类共同体皆为生态圈的重要组成部分，具有地球上合理的生命权和存在权。

第四，将生态地方主义与生态世界主义理念完美结合。其地方意识的全球化或者行星意识化建构要求人们确立家园意识，"生命的地方"与全球都是人类赖以生存的美好家园，她主张人类不能割裂自己所属的地方以及所属的地球之间的连接网，人类应关爱地球上所有的生命，并关注全球生态保护，这或许可以成为解决全球生态危机的有效途径。

三、《典仪》中的生态整体主义思想

西尔科在《典仪》中展现了自然生态、精神生态和社会生态的整体统一，水和女性是其外在表征形式。本节将首先讨论小说中“水”意象作为自然构成要素之一，如何一步步指引主人公走向救赎之路，以及“水”在表现人类精神生态方面的作用，从而体现印第安人的生态整体观和朴素生态观。本节继而说明“女性”在引领主人公重获印第安身份及建立和谐社会生态方面的重要作用。在西尔科的《典仪》中，她如何呈现“水”意象并把“水”作为精神生态的表征？小说中“女性”群像如何体现西尔科创作的社会生态内涵？《典仪》又如何通过自然生态、精神生态和社会生态体现作者的生态整体主义思想？本节将结合对西尔科《典仪》的文本分析，探究上述问题。

（一）《典仪》中的“水”及其生态内涵

水乃生命之源，是万物赖以生存的根基，在浩如烟海的美国文学作品中，水是重要的意象之一。在文学文本中，作者们以水为载体刻画人物并推动故事情节的发展，同时，水也被赋予复杂的文学象征意义，它可以成为传递欲望、生命、恐惧、悲伤、家园和快乐的载体。西尔科在散文集《圣水》中强调：“旧时代的普韦布洛人相信泉水和湖水拥有巨大的力量。”

基督教创世故事认为世界的初始样态是无形的土地，只有空无和黑暗，上帝创造了世界，而印第安创世神话则强调水是构成世界的初始元素，这两种创世神话无法兼容。基于历史原因和社会原因，印第安人始终信奉水是世界和生命的起源，故无论是在历史上还是在当代，印第安人将水置于至高无上的地位。因此，当代美国本土作家在作品中尤其关注水、水坝和水权。例如，本土作家琳达·霍根在《太阳风暴》（*Solar Storm*，1997）中描写印第安人为保护水权并抵制一个水电工程，组成跨部落和跨种族联盟，最终建立了与水的精神纽带；托马斯·金恩的《青草，流水》(Green Grass，Running Water，1993)中水坝的建立威胁了部落的生存和宗教，于是印第安传说中的神话人物和现实中的部落人物一致努力并通过破坏幻想的方式摧毁了水坝。印第安传统文化强调水是生命的源头，是母亲(生命起源)的象征，它不仅能养育生命，也充满灵性。印第安文化强调人与自然世界的相互联系，水则是自然世界重要的组成部分，这种对水的态度反映了印第安文化中的生态整体观。生态整体观注重整体与部分之间的相互联系和相互作用，水作为自然的一部分，具有无穷的内在力量。同时，在印第安文化中，对自然的征服和占有是丧失信仰的表现，人只是造物主创造的一部分，与自然是同等级而存在的，故不能凌驾于自然万物之上。印第安人的这种生态整体观和朴素生态观在以下原住民签署的一份宣言中可以得到证明：

> 人生存所依赖的土地和水是人存在的根本物质文化和精神基础。我们与大地母亲的关系要求我们为我们的现在和未来的一代代人保护我们的淡水和海洋。我们肯定我们作为保护者具有维护水的存续和纯洁的权力和责任。

上述宣言表明，美国原住民了解他们赖以生存的土地和水，他们这种生态观有利于保持生态系统的平衡。作为美国本土作家，西尔科尊重水和土地，并相信其神奇作用。

水是印第安文化的重要组成部分，也是印第安人生态观的主要表现元素，更是浸润《典仪》不可或缺的要素。小说开头借鉴了现代主义作家福克纳的写作技巧，以意识流的手法表现塔尤混乱的精神状态，她的故事不断地变换故事背景和叙事时间，将塔尤的故事与印第安故事穿插交织，极大程度地将印第安"讲故事"的传统发挥到极致，而其中的轴线恒定不变，那就是以水为中心的意象。小说的第一段第一句写道："他想起了那场噩梦，是关于黑暗的夜晚和轰隆的声音，让他辗转反侧，如同洪水中的碎片一般。"当塔尤的思绪移至丛林时，"令人窒息的声音随着丛林水流在消失，"当他的思绪再次回到现实中时，"所有的声音都淹没在音乐声中。”小说开篇便频繁使用水意象的堆砌：潮湿，洪水，淹没，汗水，雨水，可见水在《典仪》的人物塑造、故事情节发展和主题呈现等方面的重要意义，小说中具有神性的水也兼具毁灭和创生双重力量，即象征精神生态失衡和精神生态平衡的力量。一方面，水具有创生性，能在流动中化腐朽为生机，孕育各种生命。另一方面，水具有毁灭性，水的流动变化性代表一种“由于被工业化西方忽视而处于危险边缘的具有毁灭潜能的力量”。

在生态灾难面前，除了要关注自然生态以外，社会生态和精神生态也是生态批评必须重视的维度。精神生态批评（Spiritual Ecocriticism）是精神生态研究的一部分，《世界环境史百科全书》中对精神生态的解释为：

“精神生态”指两种文化现象，一种出现于20和21世纪，一种则相对古老。这种新现象是新理论并且发源于世界宗教传统及人类的精神层面……作为对生态危机的反应，（现代）精神生态是对自然创生力量的敬畏的世界观，这种世界观以谦卑、简单、尊敬，对地球和万物的尊重为标志。

而古老精神生态则涉及“世界范围内原住民的文化、生活方式和神话，对原住民而言，精神生态是一种实践行为，而不是一种理论，”是一个民族文化身份的重要标志。对原住民而言，在当代传承古老精神生态具有重要的意义，这也正是诸多本土作家通过写作力图倡导的。

1. 水的毁灭性：人类自然生态和精神生态失衡的标志

水的毁灭性包括洪涝和干旱。《典仪》中水的毁灭性集中表现在干旱。干旱与水源呈二元对立结构，是水的文化隐喻，没有了水，则意味着生命的枯竭、生态系统的破坏和文化传统的丧失。《典仪》中，作者在堆砌“水”意象后开始反转描写干旱。“自第一次世界大战后和20世纪20年代以来，干旱年再一次到来，那时他还是个孩子，他们需要拉着马车，用木桶为羊群取水喝”。此时，土地的干旱、水源的缺失恰恰象征了自然的惩罚和塔尤生命力的枯竭。他正陷入无休止的幻觉和梦魇中，而这一切是战争带给他的创伤。战后回到他的家园拉古纳普韦布洛，他渴求重生，却经历了干旱，象征着其肉体上和精神上的双重“枯竭”，也是他精神生态失衡的表现，而精神生态的失衡可以在更严重的程度上毁灭人类。20 世纪 80 年代，国内学者开始涉足精神生态批评，在这一领域研究较有影响力的是生态批评家鲁枢元教授指出：“在岩石圈、水圈、大气圈、土壤圈、技术圈、智能圈之外或之上，还存在着一个由人类的操守、信仰、冥思、想象构成的一个圈，一个‘精神圈’。精神生态是人类世界必不可少的构成要素，它作为生态系统中的一个重要组成部分，与自然生态是唇齿相依的关系。”小说中的干旱是人与自然关系恶化的表现，是自然生态失衡的标志，而与自然生态失衡的后果相比较，人类精神生态失衡所导致的后果更严重。海德格尔较早地意识到人类精神生态所面临的危机，他认为：地球变成了一颗“迷失的星球”，而人则被“从大地上连根拔起”，丢失了自己的“精神家园”。

通过干旱，西尔科在小说中着力展现这是一片自然生态失衡的大地，更是一个精神生态失衡的社会。干旱再一次将塔尤推入回忆的旋涡，他把干旱归咎于自己的过失。他回忆起那场菲律宾丛林大雨，第二次世界大战期间，他与表兄洛基（Rocky）被日军俘虏并被迫参加巴丹死亡行军，洛基死于他们到达集中营之前，而菲律宾丛林大雨是致洛基之死的原因之一。“丛林里的雨无休无止……这使他开始理解约西亚（Josiah）舅舅所说的话：“所有事情有可能好，也有可能不好。要视情况而定。”这时的水不再是生命之源，而变得面貌狰狞，水成了灾难和死亡的象征。雨水让丛林变得更加泥泞，让伤口更加疼痛，让士兵们无法行进，“他咒骂着雨水，直到咒骂的话语变成一曲歌谣，他一边唱着歌曲，一边爬行在泥泞中寻找士兵”。他不断地向上天祈祷让雨水消失，并迅速把洛基的尸体埋葬在泥水中。塔尤对雨水的咒骂与小说开篇描述的干旱景象成因果关系。小说中的塔尤是印第安人，他代表美国参加了二战，战争历来被认为是反人类、反生态的。当代热兵器时代的战争给人类环境和生态带来的破坏与灾难无法估量。生态学家认为战争的结束并不意味着生态环境破坏的结束，西尔科小说中把土地的干旱比作大地母亲的警示，警示并惩罚她的孩子们（人类）制造并参与让无数生灵涂炭和让生态环境遭受破坏的战争中。正如西尔科在小说中表达的：

你听见人们在抱怨连年的干旱、沙尘、大风以及干旱的程度。但沙尘和大风也是生活的一部分，就如同太阳和天空一样。你不要咒骂它们，知道吗？是人，要骂就骂人吧！老人们常说，当人忘记了，当人犯错了就会出现干旱。

印第安人自古信奉朴素生态观并追求人与自然、人与人的和谐相处的良好自然生态，显然，战争有悖于他们传统的生态观念。西尔科借约西亚舅舅之口说出的话体现了印第安人对自然现象朴实的认知，她也希望借助这个故事把这种朴素生态观一代代传承下去。

在描述印第安大地干旱的同时，西尔科平行插入一个印第安传说，小说通过拉古纳神话故事中玉米女姐妹的歌谣对话开启第二章。在拉古纳神话传说中妹妹最终离开了部落并带走水源，从此万物遭遇干旱。神话传说与塔尤的故事平行而立，塔尤认为普韦布洛的干旱是他诅咒雨水的结果，“连续六年了，气候一直干旱。”目及之处，全是干旱带来的萧条，他陷入深深的自责。“他为一切哭泣，为他的所作所为而哭泣。”

塔尤的死对头艾摩（Emo）也是退伍老兵，之所以成为对手，是因为“艾摩从跟他（塔尤）一起上小学的时候就讨厌他，仅仅因为他有一半的白人血统”。从艾摩的世界观出发，他已经完全不认可印第安传统文化中信仰的大地母亲，在他眼中，大地母亲已经在天长日久的干旱中变成了一具干尸。塔尤认为艾摩对干旱的理解完全错误但却无力或者不愿说出原因。艾摩是被白人文化完全同化的印第安人，他并没有塔尤所面临的迷茫和无助。塔尤的表兄洛基也是一个印第安部落文化的拒绝者，他渴望成功，渴望融入白人文化并被白人认可，他的功课门门都是优秀，也是全州足球联盟的队员，“在阿尔伯克基的寄宿学校的第一个学年后，塔尤发现洛基本能地拒绝旧时传统。奶奶冲他摇头，但洛基坚持称那些旧传统是封建迷信”。塔尤“是一个激进的人，他拒绝轻易地去理解世界，无论是拉古纳世界还是白人的世界”。他无法对自己的身份归属作出选择，正是这种犹豫不决让他陷入两难的境地并引起了他的身体疾病，从而导致他的精神生态失衡。部队的军医试图用西医疗法让他恢复健康并接受白人的价值观和文化观，但一切是徒劳的，塔尤离开军队医院。他来到火车站想要回到家乡，然而可怕的梦魇再一次出现，他又一次看到日本人的脸。导致这一结果的原因是在战场上，塔尤被命令射杀站成一排的日本士兵，塔尤无法扣动扳机，因为他觉得站在眼前的不是日本人而是他的舅舅约西亚，"他知道那是约西亚，即使洛基开始不停地摇晃他的肩膀并劝说他停止哭泣，他仍觉得是约西亚躺在那里"。塔尤的这些战争经历让他渴望化成一缕白烟，变成一个隐形人。生态学认为，精神生态体现为人与其自身的关系。此时身体疾病和精神疾病使塔尤陷入梦魇的困扰，他无法处理自己与自我的关系，所以作为一名男性，他频繁地哭泣以表达巨大的恐惧和悲痛。西尔科在描述塔尤苦痛的时候，不断使用水意象：噩梦带来的汗水和苦闷带来的泪水。凯西·卡露在《创伤：记忆的探索》一文中解释"塔尤处于后创伤记忆阶段，这一阶段的特征是不断出现的意象，这些意象是记忆的见证者"。可见，水意象在《典仪》中标志着塔尤的创伤经历，也是他精神生态失衡的外在表征。根据卡露斯的解释，塔尤肉体和精神的双重问题并不是没有完全经历战争引起的，而恰恰是他在战争中经历太多且记忆过于深刻。他的生活一直纠缠于过去的记忆，现在的处境和对未来的担忧中，精神生态出现严重错位。

通过环境的干旱和塔尤内心的"干旱"以及不同"水"意象的呈现，西尔科试图暗示塔尤的精神生态失衡，这是自然世界的生态危机在精神层面的表现。

2. 水"与文化的互文：文化冲突与精神生态失衡

鲁枢元在《生态文艺学》一书中明确指出："这是一门研究作为精神性存在主体（主要是人）与其生存的环境（包括自然环境、社会环境、文化环境）之间相互关系的学科。可见，文化的冲突也是导致人类精神生态失衡的要素之一。西尔科在与坡·瑟耶斯戴德的一次访谈中提到塔尤努力想成为"人类的一部分，并且融入人类社会，并不仅仅是处身部落，更是整个人类社会"，在《典仪》中，塔尤面对的还有印白文化的冲突。小说中，塔尤一直饱受白人的个人主义理念和思想的侵蚀。首先，“基督教把人们分离开，它试着摧毁一个部落的名字，鼓励人们独立自主，互不依靠，因为基督只拯救个人的灵魂，基督不像‘（印第安）母亲’那样把他们当作自己的孩子，当作自己的家人那样，爱着，照顾着。”对于塔尤而言，白人的个人主义思想意在打破人与人之间的和谐关系，强调个人的独立性，所以在白人的军医院里，塔尤的创伤是白人医院无法治愈的，“痛苦是顽固的、持续不断的，就像他的心跳。”正如西尔科小说中所写，塔尤总是莫名地哭泣流泪，试图用泪水洗刷一切。

西尔科在《典仪》还中描述了参加过第二次世界大战的印第安退伍老兵战后返回印第安部落后的真实境遇。第二次世界大战对原住民的冲击巨大。诚然，第二次世界大战对印第安人有某些积极的影响，但本土作家作品中更多地是描述第二次世界大战对印第安人的负面作用。比如，美国军方在战时不断蚕食印第安人的土地，在广袤的西部建立一个个轰炸试验场和军事基地。此行径最直接的后果就是印第安保留地大片土地的流失和生态环境的迅速恶化。除此之外，第二次世界大战加速了白人社会对印第安人文化同化的进程。出于第二次世界大战战事需要，大量印第安人走出保留地，从事各种工作，所以第二次世界大战为印第安人融入美国社会提供了重要契机。战争打开了印第安保留地的大门，印第安人开始了从经济、文化等层面融入美国社会的进程。第二次世界大战中，印第安士兵由于与白人士兵共同生活和战斗，他们开始逐步接受主流社会生活方式和价值观念。成千上万的印第安士兵第一次得到尊重，第一次过上体面的生活，西尔科在小说中描述了印第安士兵的这种境况：“直到我穿上这套军装，白女人才会看到我，上帝啊，那时我才是个美国人”“洛杉矶是我见过的最大的城市，还有那些街道和高楼。夜晚，到处闪烁着霓虹灯。我从来没见过如此多的酒吧和点唱机，来自各地的人们一起唱歌跳舞，说说笑笑。没有人问我是不是印第安人，我能喝掉多少酒，他们就卖给我多少酒……我的意思是那些白女人也围着我转。”塔尤在醉酒后，也回忆：

曾经是这些印第安人，他们穿上军装，剪短头发，去参加这场大战。他们的确经历了荣耀的时光。酒吧卖给他们酒，白女人冲他们笑，请记住，是朝印第安人笑……这些印第安人可以跟白女人上床……他们是麦克阿瑟将军的士兵……这些印第安人得到了与别人同等的待遇：威克岛，硫磺岛。他们因为英勇也同样可以得到勋章，棺材上也可以覆盖美国国旗。

“他们继续说着，说着他们曾经的黄金时代，塔尤又开始哭泣。”第二次世界大战让一部分印第安人接受了美国主流社会的文化，甚至是非印第安人宗教，而战后，当印第安士兵解甲归田后，主流社会的种族歧视却依然存在，并不是所有的印第安士兵都能找到体面的工作，大部分在主流社会无法立足的退伍军人只能返回保留地的家乡。在西方的文化意识形态领域，白人退伍老兵此时也处于一种“精神荒原”的状态，归家后，他们发现家园支离破碎，爱人分道扬镳，工作毫无着落。而对于印第安退伍老兵而言，他们的“精神荒原”更加荒芜。战争归来，他们的文化观面临着巨大的冲击，处于白人文化和印第安文化的夹缝中苦苦挣扎，成为“夹缝人”，缺乏归属感。由于他们的印第安身份，他们不被美国主流文化接受，由于战争经历，他们也不能完全融入本属于他们的印第安文化。小说中哈雷（Harley）是塔尤的朋友，他曾说“所有牲畜都在蒙塔诺山下，而对于我们这些战争英雄而言，却什么都做不成，每天只有躺着睡觉”。当他说到“战争英雄”的时候，他走过来轻轻地戳了塔尤的脊背一下，也许他自己也清楚地意识到“战争英雄”是莫大的讽刺。后来，哈雷替家人放牧，却因疏忽让牲畜全部跑光，从此，家人再也不信任他，他只能整日游手好闲。对于这群印第安退伍老兵的状态，西尔科再次启用了“水”意象——酒。对他们而言，酒可以让他们麻痹神经并释放苦闷。他曾听姨母讨论过一退伍老兵总是喝酒，她说。但是，他知道原因。这也是部落人无法理解的。对于他们受伤后的愤怒，缺失后的疼痛，酒，是治愈的良药，也是治愈胸中苦闷的良方。只有在喝酒后，退伍老兵才可以回忆起那段被别人认可的光辉岁月，也可以释放别人不理解的苦闷。“报告称第二次世界大战后，酗酒和暴力时时发生在印第安退伍军人身上，这在之前是从来没有过的”“我们参加了为他们而战的战争……他们得到了一切，而我们却一无所有……他们夺走了我们的土地，他们夺走了一切。”

西尔科在小说中的描述有内在的反讽意味，从小说的叙述中可以看出，公民的平等权形同虚设，以肤色或经济状况为基准的阶层划分方式使帝国主义势力与阶级压迫集结在一起，从而导致美国政府推崇的正义、平等与民主政策无法荫及第三世界的民众。印第安人无法取得与白人同等的权利。正如后殖民生态批评理论所倡导的，发达国家借发展之名破坏贫困的前殖民地的土地、环境、语言和文化的问题值得关注。作为本土作家代表，西尔科在作品中重写被边缘化的本土文化，以摆脱种族压迫和殖民主义导致的错置感，重构自我身份，让印第安人战后的精神生态归于平衡。

小说在结尾处还提到 1943 年由于白人在拉古纳印第安保留地开采铀矿而导致的两次大洪水。“早在 1943 年的春天，铀矿的地下井开始洪水泛滥。”白人运来了抽水泵并雇人治理，而“之后不久的夏天，铀矿的洪水再次泛滥，”这次却再也没有人整治，因为白人已经得到了他们想要的一切。在印第安人的保留地开采铀矿使得他们的水源受到严重污染，比如小说中提到“可能是铀矿使水变成了那个味道（苦味）”。洪水或者污染的水源作为水毁灭性的一面象征了白人对自然生态的破坏与自然对人类的惩罚，而自然生态与精神生态是紧密相连的。

干旱和洪水夹杂着汗水、泪水、酒水等“水”意象，读者看到的是一个精神生态失衡的个人和群体。于是，西尔科笔下的塔尤需要努力去寻求救赎和治愈，他认为“他想象着如果一个人可以带来旱灾，那么也可以唤来水源。他开始踏上寻求治愈之旅的路途，就像一名印第安勇士不断地召唤水的创生力，小说中的水给被殖民者（塔尤）带来人生新起点，提醒人们“水”有博大的力量，有助于人们用生态视角看待人类对自然生态和精神生态的修复。

3. 水的创生性：对精神生态失衡的拯救

拉古纳人一直相信“山泉和淡水湖含有强大的能量，在水下有通向地下四个世界的入口”。生活在水中的蛇作为信使，将人们的祈祷带给地底下的“创世之母”，部落人死后的亡灵也会化为雨，以另一种形式守护着人间的族人。水成为连接族人、亡灵和世间万物的纽带，成为物质生活和精神信仰的圣物。在它以循环流动的方式庇护着万物，具有创生性。

在西尔科的小说中，继干旱之后，小说开始出现转折，普韦布洛人渴盼已久的雨终于降临，这场大雨不仅为印第安干涸的大地带来生机，也标志着塔尤面临的第一次救赎。

久旱逢甘霖，所有的人都很兴奋，“风来自西方。像湿润的泥土的味道，然后他看到了雨”“他们在四周站着，嘻嘻哈哈地开着玩笑，等待中不停地抬头看着头顶的乌云。”当大雨降临的时候，塔尤受约西亚舅舅的委托为夜天鹅送信，此时，西尔科巧妙地密集使用雨水的意象烘托塔尤与夜天鹅见面的场景。“雨滴打在生锈的锡屋顶上打出吧嗒吧嗒的声响，雨水从排水沟溢出并飞溅在门廊的围栏上”“音乐声戛然而止，能听到的只有暴风雨的声响”。尽管夜天鹅是约西亚舅舅的情人，塔尤还是跟她发生了两性关系，在雨水和汗水的交织后，塔尤第一次向别人吐露了他是混血儿的身份和他妈妈的丑闻以及他面临的烦恼。夜天鹅对塔尤说：“印第安人、墨西哥人或者白人——大部分人恐惧变化。他们认为如果他们的孩子拥有与他们一样的肤色、眼睛，那就是没有变化的标志……他们都是傻子，他们谴责我们，因为我们跟他们的外貌不同。”但对于塔尤而言，她的话语似乎被屋外的雨声淹没了，其实是塔尤选择本能地拒绝夜天鹅所说的“变化”，因为仅仅由于他外貌的变化，他得到了来自姨妈、老师及同伴太多的冷嘲热讽，尽管他本身就是“变化”的符号象征——他淡褐色的眼睛、他混血的种族。戴维德·莱斯曾说不仅仅是本土印第安人，所有的人“在都市化和工业化进程中都必须接受世界观的变化和面对毁灭性力量时的方法策略”。在迅速变革的社会，接受变化尤为重要，而塔尤却不理解夜天鹅的话也拒绝接受变化，从而失去了“自我实现”的机会。小说中的塔尤虽然没有“自我实现”，但他开始思索夜天鹅的话，他选择了另外一条路，那就是跟洛基一起参军。而夜天鹅意味深长地说“你不需要理解发生的事情。但请记住这一天。之后，你就会明白。你现在是‘它’的一部分了”。笔者认为夜天鹅提到的“它”指涉的基本层面是自我变化，高级层面是生态学中的“自我实现”。

眼泪是“水”意象的另外一种呈现形式，具有移情的作用，能让读者做出情感反应。在寻找斑点牛的途中，塔尤遇到提茨，印第安传说中是掌控天气的女神，她掌控着雨雪变化。她与水的关联很明显：当塔尤遇到她时，他为爱情而哭泣，雨雪重回印第安大地。提茨帮助塔尤集结斑点牛群，修复与大地的关系并暗示艾摩等人的到来。提茨的帮助是塔尤完成仪典的重要一环，也是解决隐喻的“干旱”和实际干旱的途径。艾伦在《〈典仪〉中的心理风景》一文中指出：女神提茨的爱是爱情之水的创世者，它庇佑了大地及爱人。正是与她的爱情治愈了塔尤。他从“远古时期”就爱着她。在他知道她的名字之前，他给了她爱的誓言，她则带给他“水源”。当塔尤与提茨在一起的时候，西尔科不断地重复水意象，例如，“她在他旁边跪下，他看到了她眼中的眼泪”“当他现在流泪的时候，是因为她爱他爱得太深”。在提茨的帮助下，塔尤开始“顿悟”，他意识到自己需要改变。在印第安药师白托尼的帮助下，按照印第安传统，塔尤完成了仪典重获生命力，也意味着塔尤在印白文化中找到了平衡，从而获得了归属感。小说的结尾也印证了精神生态学的观点：人的精神生态和人赖以验证自己类本质的精神生态环境同样需要不同民族、不同文化、不同价值观的碰撞、交融、互补才能显出勃勃生机，成为人类创造和发展的源泉。正是印白文化的交融和互补，塔尤平衡了自己和自我的关系，完成了印第安仪典，从而实现了精神生态平衡。西尔科借由水意象推动塔尤的治愈之旅，从而实现了塔尤的精神生态失衡到精神生态平衡的升华，这也展现了美国本土作家独特的关于人与自我之间动态平衡的世界观和生态观。

现当代英美文学通过文学作品表达现代人类精神生态失衡的作家作品不胜枚举。例如，尤金·奥尼尔把书写悲剧作为武器，以展示现代人面临的精神困境，以寻求物质和精神世界的某种平衡，为流浪的灵魂寻找一块栖息之地。奥尼尔悲剧中的主人公通常精神真空化、心灵拜物化、行为无能化，割裂了与周围一切的联系，他们的精神世界一片荒芜。厄尼斯特·海明威的创作也展现了一幅幅美国社会中存在的种种精神生态失衡的画面。《老人与海》中圣地亚哥老人的无助，《一个干净明亮的地方》中人们对老人态度的冷漠，《白象似的群山》中情侣的貌合神离，《乞力马扎罗的雪》中夫妻之间的相互欺骗等揭露了美国现代社会中美国民众精神世界中的荒原。欧·亨利的短篇小说折射出美国社会中存在的人与人之间的信任危机、下层民众的心理以及社会中大量“多余人”的出现等，这些形象全部是精神生态失衡的代表。菲茨杰拉德小说中无所事事、精神贫乏、自私势利、麻木冷漠的人物群像也是社会精神生态失衡的有力表现。唐·德里罗通过犀利的文字警醒世人当前所面临的精神生态危机和后工业时代人们所面临的精神困惑。杰罗姆·大卫·塞林格探求了现代人的焦虑和面临的生存困境，并对人类的命运深表忧虑。他在现实生活中找不到出路，于是塑造了不愿进入成人世界的主人公，以表达对纯净精神生态的守护和对资本主义物质主义的厌恶，更是回归本我的挣扎与反抗。托马斯·哈代在作品中表达了人类中心主义思想中所导致的人与自然的二元对立，以及工业文明所造成的人际关系的恶化、精神价值的消解和自我的迷失等现象。可见，英美现代作家着力表现主人公在现代社会重压之下的精神生态失衡：精神的异化、人性的扭曲、人类的物化。而他们作品大多以主人公的离世、癫疯或者消沉为结局，极少去描写主人公通过艰辛努力，摆脱精神生态失衡而重新获得平衡。这一维度凸显了以西尔科作为美国本土作家所具有的根深蒂固的生态观、对生态和谐的向往及其深邃的生态思想。

（二）《典仪》中“女性”形象及其社会生态内涵

我国著名生态批评家鲁枢元教授曾指出；“人是生物性的存在、社会性的存在，也是精神性的存在；就人的生存状态而言，除自然生态、社会生态，还应有精神生态。自然生态体现人与物的关系、人与自然的关系；社会生态体现人与他人的关系；精神生态则体现人与自己的关系”。同时，精神生态还与文化紧密相连，鲁枢元教授生态意识的三分法还要求生态意识不仅指实现人与自然的和谐发展，同时要实现社会生态、精神生态应与自然生态良性互动。

社会生态的内涵是指一个人在社会中与其他群体或个体之间的关系。社会生态与自然生态的关系紧密相连，对人类来说，自然生态、社会生态和精神生态同属于广义的自然，它们之间是相辅相成的关系，不良的社会生态会造成自然生态的毁坏，毋庸说，自然生态的破坏是社会生态破坏的根源。

由于自然生态和社会生态的关联性，西尔科在《典仪》中还强调了社会生态问题。在塑造大量千面女性形象以及对印第安母系谱系社会强调的同时，她试图展现在人们面前的是一个在母系血缘关系维护下家庭关系和社会关系和谐的印第安社会。社会生态的重点强调群落或社会中人与他人之间的关系，而在西尔科生活的印第安群落，她彻底颠覆了男性中心话语，女性成为维护社会生态平衡的主力军，她强调女性性别价值的意义及认同，并以一种超越性别偏见的女性原则为指引，弘扬女性特有的关怀、爱护和理解的天性。像西尔科所描述的，传统的印第安文化以母系社会为核心，妇女主要从事田间耕种，为家庭和族人提供食物，并负责采摘野果和药材，而男性则主要从事打猎活动，为家庭和部落提供肉食，同时，他们也是部落的守护者，负责守卫部落的安全。女性由于在繁衍后代方面不可替代的重要作用而成为受尊敬之人，在部落的庆典仪式上扮演着重要的角色，在重大事项的决议中拥有绝对至上的发言权。西尔科小说中的女性是典型的母系社会女性角色的代表，外祖母和姨妈为家庭成员提供饮食起居的保障，姨夫和舅舅狩猎和赚钱，尽管有时姨妈有抱怨，但家庭关系仍以和谐为主，如外祖母对塔尤关爱有加，舅舅与塔尤的关系更是亲密无间，姨妈和姨夫的夫妻关系也是互敬互爱。除了和谐的家庭关系以外，以夜天鹅和提茨为代表的两位女神在塔尤的生命中扮演了母亲加情人的角色，在她们的无私帮助下，塔尤回归自然，找回了自己的社会身份归属，进而修复了人与人之间相互依存的关系，从而去对抗因同化政策的实行而造成的身份危机和环境恶化，西尔科力图展现的也是人与人之间和谐的社会生态。

除了上述描述的和谐生态关系外，西尔科在小说中还提到了姨妈对塔尤的偏见以及塔尤和艾摩的不合等不和谐的社会生态关系。然而，这些在社会生态方面的不和谐音符却都与白人文化有关。首先，姨妈和塔尤的关系，如前文所述，姨妈是虔诚的基督教徒，她是白人文化的卫道士，她与塔尤的不和谐关系很大程度上是白人文化入侵的结果。其次，艾摩也是白人文化的膜拜者，他跟塔尤的关系可以用敌对来形容。西尔科将这两种不和谐的社会生态关系表现出来的直接目的是表达欧洲白人文化对印第安传统文化的入侵和蚕食。从历史角度看，随着欧洲殖民者对印第安大地的入侵，他们不仅占领土地，更是对他们所谓的印第安异质文化逐步进行消解和扼杀，最终表现为印第安部落社会生态的破坏，即异质文化之间的对抗导致了社会生态关系的失衡。据艾伦研究，“部落妇女的地位在几个世纪的白人统治下严重下降，在部落依照美国的殖民法案重组时，她们在部落的决策团体中完全没有发言权”。部落妇女的地位逐渐被隐没在男性的阴影下，父权制传统将逐渐取代印第安人的母系传统，那将会引发一场社会和生态灾难，这场灾难“不仅会发生在原住民身上，也会最终影响每一个人”。西尔科通过小说塑造女神形象及世俗女性形象试图抵抗根植于西方神学理念的父权制，她推崇印第安母系谱系文化下人与人之间平衡的社会生态关系：平等、互助，博爱和宽容。西尔科笔下的平衡社会生态关系网超越了年龄、种族、性别、肤色等界限，将全人类纳入统一视野，具有开放的特性。

总之，在《典仪》中，西尔科以“水”为意象载体，以印白文化冲突为纽带，以女性形象塑造为基点，建立起自然生态、精神生态和社会生态之间的整体联系，力主启示人们从精神层面和社会层面注重生态危机产生的原因，并认识到生态危机的严重性。只有自然生态、精神生态和社会生态和谐、统一地并存且健康发展，才能使整个生态系统合理运行，小说中所展现的和谐统一的生态世界体现了这部作品的生态整体主义思想和这部作品的当代性及未来性。

第三节　奥尔多·利奥波德的大地伦理思想

凭借长期以来在林业和野生动物管理领域所获得的积累，利奥波德成为一位多产的作家，《沙乡年鉴》（*A Sand County Almanac*）是其中最有影响力的一部著作，获得与美国生态文学史大师梭罗的《瓦尔登湖》同等重要的位置，成为现代环境保护、政策制定和环境伦理学的基石。《沙乡年鉴》记录了利奥波德一生在美国各个州工作过程中的见闻和感受，从而梳理出其生态思想发展的脉络，从哲学、伦理学、美学及文化传统的角度深刻阐述了人与自然应该具备的关系。他认为目前人与自然的关系，严格的来说仍然是经济的，仅包括权利，不包括义务。伦理观念发展至今也难逃人际伦理的范畴，起初关注的对象是人与人之间的关系，随着人类群体活动范围的扩大，关注对象相应扩大为人与社会之间的关系。一些环境伦理学家认为很有可能或必要存在一种指导和规范人与生活于土地上的动物和植物之间关系的伦理观。土地伦理的提出就是为了弥补和指导对土地的关系，从而唤醒人类内心深处的生态良心，反思和纠正自身对待自然界的态度和行为。

一、利奥波德《沙乡年鉴》中大地伦理体系的主要内容

（一）大地共同体

“共同体”是利奥波德大地伦理体系的精髓，他鼓励人们不但关注自己生活的世界，还要扩展自己的视野，观察与自己生活息息相关的自然世界，只有这样，他们才会以不同视角看待自然界的花草树木、动物、土壤和水资源。利奥波德在《沙乡年鉴》结论部分“土地伦理”中指出人类文明的发展史中，公认的道德主体即道德共同体经历了几次扩展。奴隶和妇女是后来才纳入其中的，跟随着这个思路进一步扩展，人类及其他生命形式组成了“生命共同体”，彼此相互依存，必须作为一个整体来考虑。

人类是生态共同体的共同成员，利奥波德认为，“伦理观经历几次发展后都有一个必然存在的共同前提：个体不是总是一个孤立的个体，而是与其他成员相互影响共同组成共同体，各自的身份为组成的共同体的成员。”

他对人类历史和伦理观如此简单明了的生态学解释可能是利奥波德大地伦理的最大贡献，因为它要求人类重新审视作为生态的人，而不是为了理性的自我利益或偏好而去最大化地占有公共领域的政治和文化。他进一步指出人所具有的伦理观念就是为了避免他在共同体内为争取一席之地而去竞争的本能，某种程度上，伦理为了各成员的共同利益而指引个体彼此之间相互合作。在通常意义上的这个共同体，强调“人”作为共同体的主体，而大地伦理观主张扩大人类道德共同体的权利，包括家庭、集体、民族、国家、人类社会，而且也应该包括土壤、水、植物和动物、生态系统以及无机物质，即更整体全面意义上的大地。大地是一个由相互依存的部分所组成的系统，应被看作一个共同体而不是一件商品。利奥波德称“土地伦理是要把人类在共同体中以征服者的面目出现的角色，变成这个共同体的平等的一员和公民。它暗含着对每个成员的尊敬，也包括对这个共同体本身的尊敬”。这一点强调人与大地的伦理关系需要头和心，具体指“理性”和“情感”，人类是大地共同体的成员，而非主人，应给予大地道德关照，试图实现人类中心主义向非人类中心主义的转变。“土地是一个共同体”，这是一个基本的生态学概念，但是“大地应得到尊敬和爱”是一种伦理的延伸，利奥波德将生态学的事实和伦理学的价值两者结合起来，寻求彼此之间内在的契合，暗示个体在保护这个扩展了的共同体的健康方面起着重要作用。

（二）生态中心整体论

《沙乡年鉴》中处处体现出生态整体主义思想，其核心表述有“像山那样思考”“荒野的价值”和“大地伦理及其准则”等。利奥波德一生都在与大自然进行交往，从成长时期跟随父亲到野外打猎，到工作时期野外考察，再到沙乡的生态保育实践，培养了利奥波德深厚的大地情结，以及以生态为中心和与大地共存共荣的整体主义观念。

什么是“荒野”（wilderness）？荒野到底有没有价值？利奥波德于1949年《沙乡年鉴》中指出，“荒野是人类从中锤炼出那种被称为文明成品的原材料”。荒野与自然界的原材料不是同一类的。荒野的多样化导致所产生的人工物的多样化，不同人工物之间所反映的文化也不同。荒野最初为人类提供旅行和休闲的价值，随着人类对荒野的开拓利用，便有不同用途的荒野，有的是“为休闲而用”，也有“为科学研究而用”，也有“为保护野生动物而用”，荒野被打上深深的文化烙印。在利奥波德生活的年代，荒野一直被当作工业文明所征服的对象，强调荒野作为资源的工具性价值。毫无疑问“荒野如此为人类服务，具有多方面的文化价值，对人类意义重大”。重视荒野的价值要求文明范式的转型，要求改变人在自然界中的主导性统治地位，结束传统文明人与自然二元对立的局面，强调人类真正成为整个自然界的一分子，不仅要注重自然界对人的外在工具性价值，更要尊重自然本身的内在价值。

在《沙乡年鉴》的一则随笔中，利奥波德提到捕食者的破坏会影响鹿群的数量，因此对待生态系统就像它拥有道德地位一样，换句话说，“像山那样思考”，强调一种客观性、长远性、整体性的思考方式。为什么我们必须像山那样思考？我们同自然万物的关系等同于一座山同自然万物的关系。因此，人类并不比一座山高明，人与自然是平等的，应当相互尊重。狼嚎的真正内涵在于向人类敲响警钟，提醒人们狼被消灭后会带来生态系统的破坏，暗示着狼的存在具有生态价值，告诫人们应该摒弃主观、自私、肤浅的短见，站在生态的角度思考人与自然之间的关系，学会与自然共存共亡。

（三）多维度价值评价体系

传统的价值评价体系是以经济私利为标准的，强调对大自然加工利用所带来的商业价值，完全忽略了大自然尤其是荒野的生态学、美学价值。首先，构成大自然各成分之间是相互联系的，彼此在生态系统中都占有一定的生态位，在维持生态运转方面都或多或少起着举足轻重的作用。其次，梭罗曾经说过

“这个世界的启示在荒野”，荒野是文明的诞生地，荒野的价值是不可估量的。因此，仅仅看到单一的经济价值是片面的，长期以来，随着人类对自然界的过分掠夺，最终将导致大地的生态系统功能不完善。大地伦理就是力求改变单一的以经济价值为标准的评价体系，前提是从生态学、伦理学、美学的角度考察大地利用的正当性问题。最后，是大地利用所产生的经济效益问题。因此，大地伦理就是以尊重自然、敬畏生命为基础，既赋予大地上所有生命永续存在的权利，又倡导人类有责任和义务保护、维持大地的美丽，也就是说要从符合经济的、生态的、伦理的、美学的维度和标准来评价生态系统的整体性能。

（四）以完整、稳定、美丽为原则的基本道德

大地伦理学的基本道德原则是衡量事物是与非、行为对与错的标准，具体而言，“当一件事情或一种行为趋向于保持生物群落的完整、稳定和美丽时，它就是正确的，反之则是错误的”。复杂多样的各物种之间相互影响并通过相互协调方式共同构成具有稳定性能的生态系统，构成生态系统各成员的复杂多样性和相互配合的协调性称之为“完整”。此外，生态系统建立之后还需要具有持续不断的自我调节和更新功能，即“稳定”。“美丽”是指从审美角度考虑生态系统的内在价值。完整、稳定和美丽分别作为构成大地共同体坐标系的三维，共同构成衡量事物是与非、对与错的标准，整体效度的好坏取决于每个维度上的指标。

二、大地伦理思想的主要特征

（一）反潮流性

反潮流性，主要体现在利奥波德的大地伦理思想与当时美国社会盛行的经济恢复和发展思想格格不入，尤其是与当时林业局的指导思想相悖，其观点不为大众所接受。利奥波德是美国历史上从伦理的角度思考人与自然关系的第一人，他摒弃传统人类中心论的价值观，消解各种中心论，确立了有机整体的生态世界观。当时美国林业局在局长平肖的领导下正如火如荼地开展实用主义保

护行为，利奥波德却公然提出了超越经济利益的自然资源保护思想，显然二者相悖。利奥波德的大地伦理批评经济决定论思想，包含了一种人类和大自然所有生物共存共亡的观点，被当时整个学术界排斥，具有强烈的反潮流性。

反潮流性也体现在“共同体”的提出，利奥波德从生态学角度解读伦理学概念，指出大地本身值得道德考量，促使人类反思值得人类道德考量的事物通常意味着什么。而传统西方哲学中是将道德考量仅仅局限于人类，理由是只有人类是有能力能够理性、理智地使用语言，拥有权力，承担责任，传递利益和拥有灵魂的实体，利奥波德对道德考量说法的重提是对人类智识的一大挑战。

（二）创新性

创新性，主要体现在大地伦理思想是超时代的。大地伦理思想的理论来源可追溯到生态学、进化论及哲学等相关学科，利奥波德在对各类思想借鉴与综合的基础上，结合自己多年的工作实践，提出的创造性的环境伦理学说。生态学中的许多观点和理论，为利奥波德阐述自己的思想提供了科学依据和奠定基础。此外，利奥波德还借鉴了哥白尼天文学的学术背景，同时吸收了同时期奥彭斯基整体主义的哲学思想，为整体主义生态保护思想找到科学依据。利奥波德最具创造性的观点是告诫人类要尊重自然，扩展道德共同体的边界，把自身作为自然界中平等的一员。他吸收和继承梭罗、缪尔等人对荒野价值的看法，并亲自创建荒野学会，致力荒野保护。与另一位法国先哲史怀泽的生物中心论思想不同的是，前者只将道德共同体的范围局限于有生命的生物，而利奥波德道德关怀的对象还包括土壤、水等自然物，相比而言，利奥波德的生态中心论思想的范围更广、想法更先进。利奥波德的大地伦理思想虽然有借鉴吸收前人先进理论的成分，但又具有自身独具一格的超越性和创新性。正因为如此，利奥波德成为美国历史上公认的环境保护先驱，也为随后发起的环境保护运动点燃了思想火炬。

（三）后现代性

后现代主义倡导批判性思维方式和多元化价值取向，与现代主义最大的不同在于消解启蒙时代以来对道德、理性自由的约束，消除现代性所设置的人与自然的二元对立，重建人与自然的新型关系，具有明显的革命性和颠覆性。反中心性、反主客二分、消解主体性是后现代主义的主要特征。后现代主义强调整体有机论，认为人类包含在自然界中，自然中所有生物，不论是有机物还是无机物都具有平等的内在价值。在对待人与自然的关系上，后现代思维表现为人类中心主义向非人类中心主义的转变，否定人在自然界中征服者的地位，建立人与自然共存共荣的平等关系。大地伦理之生态整体主义世界观也是后代性的特征之一，强调人类与大自然是一个整体，人类不是唯一置身于生态系统中的主体，而是构成自然界的有机分子，与生物个体、种群、群落等其他主体相互作用。最重要的是，大地伦理力图消解传统规范伦理学的伦理范式，扩展伦理关注的对象和范围，使之不仅包括人、社会以及他们之间相互关系，更广泛地包括荒野、大地及其无机自然界。

第四节　蕾切尔·卡森的“海洋三部曲”的生态思想

“海洋三部曲”最主要的内容是对海洋的观照和对这种观照的文本描写，因此解读这三部作品最主要的任务应当是考察文本之海洋观照的特征。卡森对海洋的认识和表现有着十分明显的思想特征和审美特征。这些特征首先表现为整体性的海洋观照和由此传达出的生态整体主义哲学思想。揭示人与自然关系恶化的现实、提出改善人与自然关系的进程，是“海洋三部曲”另一个突出的思想内容特征。作为生态整体的有机组成部分，人类对自然施加的影响以及与自然的关系十分重要，在生态危机频仍的今天，人类究竟应当以何种态度对待自然、应当如何修复或重建人与自然的和谐共生关系，更是亟待反思和探讨的问题。在这一方面，“海洋三部曲”既揭示了现实问题，又指出了解决问题的努力方向。

一、人与自然的对立

（一）人类中心主义的“梦魇”

“人类中心主义”是使人与自然形成对立状态的一大思想根源。尤其是工业革命以后，思想哲学领域一步步被人类中心主义这一观念所占据，“人是最高贵的”“人是宇宙的中心”“人为自然立法”等思想逐渐成为根植于人们脑海中的理念，导致人对自然日益恣意妄为。鲁克尔特认为，“人类中心主义眼光是一种悲剧性缺陷，它使人类想要征服、人格化、侵犯和开发每一个自然物”。这种悲剧性的缺陷导致了生态的失衡，使人类和其他物种的生存面临巨大的威胁，不啻为一种“生态梦魇”。在“海洋三部曲”中，首先值得注意的是卡森写到了人与自然处在一种紧张的对立、对抗状态。这种状态下的人将自然视为异己的存在，将自然当作征服的对象，人类以自然的“掠夺者”与“毁灭者”的形象出现，对自然造成了许多不可修复的伤害。

《海风下》中迁徙的鸻鸟群，“对于可能遭遇的失败或磨难毫不畏惧，唱着美妙的歌儿掠过北方的天空”，可是有许多金斑鸻鸟，在这样的迁徙过程中却被枪支打落，只因为“猎鸟人不顾法令，将扼杀那全力以赴、勇敢而热烈的生命视作他们的乐趣”。以猎杀无辜的动物作为自己的一种享乐方式，这样的人让卡森感到十分愤慨。卡森从小看待问题的视角就与众不同，她善于体察人类以外的其他生物，她小时候就因哥哥罗伯特用猎枪打野兔而与他大闹一场，哥哥说这是他的乐趣，不许卡森干涉，卡森则抗议道：“可兔子没有乐趣！”卡森认为“和平不可能产生于以屠杀生灵为乐的人类中。杀戮是一种低级趣味，对这种行为的任何赞美和宽容，都是人类历史的倒退”。

除了不当的狩猎活动给自然生物造成的伤害，更让卡森心痛的是，有些生物在孕育之初就面临着生存的危机。受经济利益的驱使，为满足食客的口腹之欲，总有渔民在某些鱼类的产卵繁殖季节仍大肆捕杀，严重危及了物种正常的繁衍延续。卡森笔下美洲鳗的遭遇就是一个典型的例子。那只被唤作“安圭拉”

的雌性美洲鳗依循习性要回到她的诞生之地产卵，她与同伴们一起，从华特尔湖出发，向遥远的大洋深处游去，她们的旅程漫长而充满危险，尤其是在人类经常撒下网的河道和海域，更是危机四伏。无数的“安圭拉”们在旅途中被人类捕获、杀死、吃掉，连同她们满腹数不清的小生命，在这本是孕育新生的时节惨遭戕害。贪婪而又无知的人类，只顾眼前利益，根本不考虑物种繁衍的需要。这种近乎“竭泽而渔”的思维是十分短视的，会给生态平衡造成极大危害。

然而，被利益冲昏头脑的人类丝毫意识不到自己肆意干扰自然进程的错误行为以及相应的恶果。人类在海底铺设各种渔网，对海洋生态造成了极大威胁。横行霸道的渔网在鱼儿们看来“活像出现在海中的巨型怪鱼，张着一个黑沉沉的大口”，这大口，不仅是大张着的渔网，还是人类贪婪欲望的象征。渔网通常被设计得能将大大小小的鱼虾全部“一网打尽”，密集的网眼不仅使那些适于食用的鱼被捕捞，还让尚未成年的小鱼和其他生物统统被网住。怪物般的渔网大张其口，在海底肆意横行，攫获了无数生灵，丝毫不顾生态系统是否能够承受。人类贪婪的欲望大嘴也正是这样，仿佛一个永远不会被填满的无底洞，即使所得所获已经远远超出了自己的生存所需，受到利益和欲望驱使的人类依旧会进一步向大自然索取，无休无止。

“绝无漏网之鱼”的捕捞方式，对海洋生物造成了巨大的生存威胁。卡森还对鱼儿见到人类粗暴捕鱼的场景进行了细致描绘：

鲭鱼群在一片陡峭的岩壁前遇见了一种陌生的东西。这东西在水中摇摆，尽管它散入水中的气味像鱼一样，却没有自己的行动能力，只是随着浅滩附近力量很大的潮水而摆动漂移。……一英里外的浅滩水平延伸过来的线连着铁钩。……水面上有一个模糊的影子，好像一条可怕的怪鱼。见到这怪异的场景，幼鲭迅速逃开了，而鳕鱼则被缓缓向上拉。渔人划着船一个一个地收线。只要钩子上面有鱼，他们便用短棒打一下，被打落到船底的是可上市卖钱的鱼，剩下的则被击打后扔到海里。

从水底鲭鱼的眼睛看去，岸边的渔人那“模糊的影子”像是一条“可怕的怪鱼”。这“怪鱼”煞费苦心地制作钓饵以引诱鱼儿上钩，而那些被刻意伪装的钓饵在鲭鱼眼里却是“陌生的东西”。这里的“钓饵”是人类为了引诱鱼儿上钩而设计的工具，是人类对自然物的拙劣模仿。这种模仿是“包藏祸心”的，人类对自然物的模仿实则暗含反自然的目的。一旦钩上有鱼，渔人完全不加区分地用短棒粗暴地一敲，在他们看来鱼只有能否上市卖钱的区别。那些不足以被贩卖的鱼儿，也不会在渔人这里得到一点儿活路，平白无故地遭受痛击，甚至因此一命呜呼。当人完全出于自身利益行事，罔顾生态圈的平衡稳定，不仅十分粗暴残忍，而且极其自私愚昧。人类的贪欲若得不到遏制，对生活在这个星球上的其他生物而言，意味着巨大的生存灾难，也终将使人类自食其果。

从生态整体的视野看，完整的生态系统由地球上的所有物种构成，物种与物种之间以及物种与周边生态之间无一不具有紧密联系，一个能量循环平衡的有机整体由此而得以构成。生态系统不存在中心，人类也只是生态整体的一个组成部分。

（二）“祛魅”自然后的问题

人类中心主义的观念之所以能够大行其道，可以追溯到人对自然的“祛魅”。所谓“魅”，是人对自然神秘感的一种敬佩和恐惧。工业革命以来，人类借助工具理性对自然逐渐实施“祛魅”。在马克斯·韦伯看来，现今时代的一个主要特征就是对“世界的祛魅”。具体到人与自然的关系，自然被人类视为僵死的东西，人类不再相信自然中包含了生命的神性，而是认为它由毫无生气的物体构成。由于“祛魅”了自然，人类掠夺起资源、损害起环境来变得更加肆无忌惮，由此造成了严重的生态危机。格里芬说，与祛魅自然相伴的，出现了一种更加贪得无厌的人类，他们觉得生活的全部意义是占有，不断渴求超过自己所需的东西，甚至不惜为此使用暴力。

“祛魅”自然之后，人们面对自然的态度几乎完全是自相矛盾的。一方面，人类想要尽可能地去征服自然，并自信随着时代的发展越来越有能力做到这一点，在某些情况下成功地控制或利用自然力量后，越发坚信完全可以战胜自然。

另一方面，每当人类对自然造成一定的破坏和伤害之后，却又虚伪地自我安慰，认为自己的所作所为还没达到能对自然造成毁灭性影响的地步。然而，实际情况却是，自大而无知的人类已经对我们生存的这座星球造成了很多难以挽回的伤害。卡森写道：

人类身为地球资源的管理者，过去的所作所为着实太不光彩了。可我们一直欺骗自己：至少海洋还未受到危害，人类现在的能力还不能对海洋造成什么破坏或改变。然而不幸的是，这一想法在事实面前实在显得太过天真了！……海洋广阔浩瀚，看似无边无际，所以许多人在面临处理废弃物的问题时，都会想到海洋。这种做法很少被详细探讨，也不曾被一般大众加以注意，海洋于是被当成原子时代所谓“低放射性废料”和其他污染性垃圾的“天然”掩埋场。

卡森指出，将“原子废弃物”置于以水泥密封的桶中，丢弃在外海预定地点，这样的做法很容易使残存的废弃物外泄至海中。而那些承装废弃物的容器沉入海底时，也很可能因水下的压力而破损，造成严重的放射性污染，并且因海水运动而扩散到全球。几十年过去了，时至今日人类处理核废料的方法并没有比当年高明多少，人们依然不自觉地将大自然作为垃圾场。高放射性核废料被保存在深入地下几百米的特殊处置库内，而核废料存在高度危险性，一旦处置库所在地遭遇地壳运动，很可能造成核废料的外泄。此外，盛放核废料的容器也有可能因地热或岩石作用被磨蚀，从而使放射性物质随着地下水的渗透作用扩散。人类将核废料深埋地底的做法在很大程度上相当于给自己和子孙后代埋下了不定时炸弹。只为眼前利益而不顾长远后果，这就是现代人盲目而可悲的生存方式。当今世界被现代范式牢固统治，走上了一条自我毁灭之路。随着现代工业文明的发展，人们大肆开掘、利用甚至破坏、污染自然资源，使自然生态的恶化和反常日益严峻，这也正是卡森最为担忧的问题。

人类对自然的污染不容忽视，而对生态的破坏也同样严峻。有时人类并不怀主观恶意，但如果不了解并尊重自然规律，也会造成难以挽回的过错。在《我们周围的大海》中，卡森列举了人类因为无知而破坏海岛生态的种种例子。

海岛生态具有其独特性和脆弱性：在远离大陆的海岛上，生物经过长久的演化，发展出独属自己的特点，没有其他生物能够取代。卡森告诉读者，海岛宛如奇妙美丽的自然博物馆，其中最珍贵的馆藏就是海岛生物，它们都是无价之宝，在全世界独一无二。“海岛生物通常特别温驯，对人类丝毫没有防备，这可说是它们最有趣又最吸引人的特点。”卡森在书中写道，当人类第一次踏足这些海岛时，遇到了毫不设防的动物友好的招待“燕鸥好奇地盯着船员的脸瞧；信天翁跳起一种奇特的仪式舞蹈，丝毫不介意自然学家在身旁走动，甚至还以礼貌的问候回应这些访客，对他们恭谨地鞠躬回礼；老鹰肯让人抚触，而鹳则想拔下人的头发拿来筑巢”。卡森引用英国鸟类学家拉克旅行日记中的记录：“看到野生鸟类停靠在自己肩上，一种奇特的喜悦之感不由自主地从我内心萌生出来。只要人类能收敛些，不去肆意破坏，一定可以更常享受到这种喜悦。”卡森客观而又不免心痛地写道：

然而遗憾的是，人类在海岛上肆意妄为，又一次被冠上了破坏者的恶名，在种种罪行记录中再添一笔。岛屿一旦被人类踏足，注定会有不幸剧变发生。人类到海岛上乱砍乱伐，随意焚毁森林，大肆破坏环境，而且必定会将整艘诺亚方舟上的动物都放到岛上来，包括羊、猪、牛、犬和其他非本岛土生的动植物，还可能带来鼠患。这对原本生活在岛上的各种各样的生物来说，不啻为黑暗末日的来临，它们中的许多从此便灭绝了。

挪亚方舟本是基督教故事中保存人类最后希望的大船，卡森在此的借用显然达到了一种反讽的效果。《圣经》中记载，上帝对挪亚说：“你和你的全家都要进入方舟……凡洁净的畜类，你要带七公七母；不洁净的畜类，你要带一公一母；空中的飞鸟也要带七公七母。”为了重建一个新世界，上帝尚需拣择可让挪亚带去的生物——有公有母，为了物种的延续；有地上的牲畜，有空中的飞鸟，保证物种的多样性；有洁净的与不洁净的，符合生命能量循环运转——这里的选择是符合生态规律、极富生态智慧的。而现实中登上小岛的人类，却不加区分地将各种牲畜甚至老鼠带到岛上，结果严重地破坏了岛屿的生态平衡，这里的“挪亚方舟”，带去的非但不是希望，反而导致了无可挽回的生态悲剧，带去一种新的罪孽，带去了巨大的生态灾难。

这样的例子绝非个别：在人类出现于模里西斯岛上不久后，多多鸟便从岛上绝迹，从此只存在于传说中；新西兰是恐鸟的唯一家乡，有一种高度超过三公尺的恐鸟自第三纪初期就生活在新西兰，但毛利人登上新西兰不久后，最后仅剩的恐鸟也灭绝了。由于每个海岛生态都独一无二，人类的这种无知行为往往就意味着将那些珍稀的物种赶尽杀绝，“逝去的美丽难复寻”，卡森在引用哈德森的这句话时，内心必定充满了强烈的生态悲悯。海岛动物对人没有戒心，人类本应怀着对自然的敬意与这些珍稀动物和谐共处，却又因自己的无知和自大导致了它们的毁灭。究其原因，人类在前进的过程中忘却了人与自然处于同一个生命共同体之中，抛弃了本应肩负的那一份维护生态的伦理责任。人类习惯于向自然索取，贪得无厌地利用自然，甚至变本加厉地破坏自然。

卡森曾说：“总大言不惭地谈论要征服自然的人类，实在太过狂妄自大。我们还不够成熟，没有意识到相对于巨大的宇宙，我们只是其中一个小小的部分。时至今日，人类如何对待自然显得特别关键，因为现代人已具备了这样的能力，可以完全改变或彻底摧毁自然，决定整个星球的命运走向。”她振聋发聩地警示世人，“人类的能力处在急剧膨胀中，这其实是我们的不幸而非什么好事，而且或许将带来巨大的悲剧。”由于理性和智慧仍未能约束这强大的能力，人类依旧显得十分不负责任。我们最终很可能使埋葬自己成为征服自然的代价。罗尔斯顿也认为，自然史上从来不曾有过像今天这样的情形，一种生命形式威胁着这么多种别的生命形式，也从来没有面对过一场可能由一个超级杀手制造的超级杀戮。必须意识到，与这空前强大的力量相对应的，人类也应承担起自己对自然生态的义务，对所有生命形式的义务。人类的自律是与自然生成一种和谐共生关系的首要前提，我们必须对万物生存的地球家园怀有一种责任感，对自然保持必要的尊重。

人类文明发展至今，对自然或有意或无意已犯下了不少罪行，但只要我们还有一些理性和客观的认知，就不得不承认，同大自然整体相比，人类其实显得十分渺小，人类的力量无疑也是有限的。远的不说，海上的狂风暴雨、暗礁逆流就随时有可能使渔船瞬间倾覆。卡森还告诉读者，波浪在外海造成许多船只沉没及人员伤亡，但其实海岸附近的波浪，破坏力才最强。面对这种海浪的力量，码头、防波堤和其他岸边建筑就像玩具一样易碎。《海风下》第十四章写到的沉船“玛丽号”，就清晰地反映出人与自然二者的力量对比。原本在海上乘风破浪的钢铁巨轮在搁浅倾覆后，残骸变成了海底生物的栖居之所，大自然改造了人类制造的仿佛坚不可摧的工业化产物。人类文明看似强大，但面对自然，总有人力所不及的地方。自然的力量恒久而伟大，人必须承认自身的局限性，如果一味与自然对抗，无视自然规律，终将付出沉重的代价。

地球是一个活跃的有机生命体，而人类只是巨大的生态系统中的一部分。“我们必须重新思考并认识自己”“需恢复对生命的敬意”。卡森在“海洋三部曲”中展现人类与自然对立、对抗自然、伤害自然的种种行为，实际上是要客观呈现人类对自然的负面影响，力图为自然代言。人与自然处在统一的生命共同体中相互不可分离。人类忽视自然规律、干扰自然进程的行为是卡森所强烈反对的。

二、人对自然的探索

（一）永葆好奇之心，追寻自然之谜

人类对自然的无知导致了许多谬误，这也是人类打破自然规律、搅乱生态平衡等破坏自然行径的重要原因，而且是人类盲目自大的一大根源。因此，全面地、准确地认识自然，就成了不违背自然规律和尊重自然的前提，成了人类正确认识自己在生态系统中位置的前提，而要做到如此这般地认识自然，首先就要有探索自然的好奇和冲动。广袤的自然有着无数的奥秘，相较于陆地来说，海洋更是有许多未解之谜吸引着人类的关注。“当我们驻足海滨，眺望远处的大海，必定会怀有满腹疑问和好奇”，正是这种好奇和疑惑，促使人类生发出探

索海洋奥秘的强烈兴趣。人类对探秘海洋一直怀有热情，除了天生的好奇心和探索欲使然，生命从诞生之初就与海洋存在密不可分的关系，这更是支撑我们想要进一步了解海洋的重要动力。卡森写道：

即便生物离开海洋而上岸生活，它们的体内仍带着一部分的海洋，而且这项特征代代相传，时至今日，所有陆生动物与它们远古时代海中祖先的关联依然留存着——无论鱼类、爬虫类、两栖动物、温血鸟类或是哺乳动物，流淌在它们血管内的血液，都跟海水一样带有咸味，甚至连其中钠、钾、钙等元素的含量比例都几乎完全不变。生物的远古始祖数百万年前由单细胞进化成多细胞，后来又发展出循环系统，虽然当时在这些生物体内循环的只不过是海水，然而正是从那一天开始，循环系统就成了所有生物代代相传的特征。

海洋是万物之母，孕育了伟大的生命奇迹。在经过了无数次的尝试与失败之后，地球上的第一个生命在海洋中诞生，这一事实本身就足以令人对海洋怀有一份特殊的情感。时至今日，所有陆地生物身上依然留存着海洋的印记，这更是我们与海洋存在天然渊源的明证。海洋是上亿年的久远存在，海洋又是那样广博而深邃，有无数的奥秘留待被破解。海洋是生命的试炼场，人们惊叹于无尽的大海中“各种方式的奇观随着生命的出现、进化、消失而呈现出来。在这美丽的奇观下自有其意义和暗示，正是那些捉摸不定的意义使我们感到迷惑，于是我们一次又一次地进入隐藏此迷之钥匙的自然世界。”

内心的疑惑趋使人们去探索，几个世纪以来，充满好奇心的人类在世界各地的海滨漫步，人们原本不识的许多海洋生物，由开阔的海域漂流到海滨高低潮线后，才被人们发现。由于探索的逐步深入，人类对海洋的认识也更加具体、更接近实际情况，从海滨到远洋，从浅海到深海，人类探索海洋的足迹在不断延伸，对海洋的了解也日益加深。“过去人类一直以为根本不可能有生物能生活在深海里，由于没有反证，这种说法被很轻易地采信了”，而如今，人类“了解到生物居然能存活于即使最僻静深远的海底。近来人们还发现，在全球多数海域数百公尺深的地方，有一大群未知的生物分布，这是人类研究海洋多年以来最让人欣喜的发现。”海洋生物顽强的生命力出乎人类想象，海洋孕育生命的能力也十分令人惊叹。人类对海洋越是深入了解，就越能体会到它的广博与神奇。为了更好地进行关于海洋书籍的写作，卡森曾特意登上远洋轮船，切身体会茫茫海水环绕四周的感觉。她记录下了在海上航行的某个夜晚的所思所感：

在大海上航行的船只，宛如人类在浩渺的海天世界中的小观察站，当站在板上向外望去时，人便会萌生一种神秘诡谲的感受。被虚荣心所驱使的人类，总会下意识地将所有并非日月星辰的光芒，都归功于人类的创造，认为不管是在海滨闪烁的灯光，还是海上移动的光亮，都是某些人为了全人类皆能理解的目的而点亮和控制。但是，这里要说的，却是在海中闪烁、消逝的光芒，与人类全然无关，早在远古时代，它们就已照着自己的模式在海上明灭，那时还没有人类怀着惴惴不安的心情出来搅和呢。

基督教故事中“神说，要有光，就有了光”。古希腊神话中普罗米修斯为人类盗来了天火，从此人类可以点亮火种，创造除了天际运行的星体以外的光和热；工业化时代电灯被发明之后，人类更是越来越习惯于将大地上闪耀的光亮看作一种文明的象征。然而，卡森却告诉我们，天地间的有些光亮，并非“为了全人类都能理解的目的而点亮和控制”，那不是人类创造的光亮，而是千百万年来就存在于大自然中的亮光。那些光，或许是漂浮于海面的藻类、微生物，或许是水面下的发光鱼类，或许是海中某些矿物质在黑暗中的闪耀。这些光点，不为人类而创造，也不因人类的意志而改变，这是自然的力量所为，受自然规律所调控。卡森在此处写的这样一个例子，是对人类中心主义的强有力挑战。人类的发展史只是整个自然史的一小段，正如海德格尔所说：“自然先行于一切现实事物，先行于一切作用，也先行于诸神。”大自然并非由人类所定义，也不因人类而存在。整个人类历史在地球史上只能算是一个短暂的插曲，相较于这个世界自其开端起的几十亿年而言，人类传统延续的六千年时间只不过是我们这个星球得到改造的新时期中的第一秒。人或许迟早会从地球表面消失，而地球的历史却可在无人存在的情况下无限延续。人类的发展历程与地球的自然进程相较，确实就如沧海之一粟，不是所有的自然现象、自然规律都是人类科学能够解释和操控的，而自然的神秘和魅力是永恒的、神圣的，值得人类去追寻和探求。

（二）遵循自然规律，警惕科技至上

海洋生物学家出身的卡森，深知海面之下潜藏着无数奥秘等待被发现，随着科学技术的发展，人类开始有能力、有条件更进一步去认识海洋，解开许多未解之谜，在卡森看来，这是一件大好的事情：“人类长久以来都梦想能亲自去探索海洋最深幽的地方，这个区域显然比地球上的其他任何地方都更神秘难解。……就在过去十年间，人类终于实现了探索深海的梦想！”她将海洋探索看作人类重返海洋怀抱的一种方法：“我们无法像海豹和鲸鱼一样，真正地重新回到大海生活，但几个世纪以来，人类凭借技术、智能和理性，极力探索、研究海洋，甚至不遗漏那些最偏远的地方，凭借智力和想象力，人类终能重回大海的怀抱。……虽然我们脱离海洋已经许久，但在我们内心深处，却从未忘却海洋生活。”

卡森怀着欣喜之情书写人类探秘海洋的种种成果，但她绝不是一个科技至上论者。她承认并赞赏科技为人类探索自然、揭秘自然提供了有利的条件，但同时清醒地意识到，对科技的使用必须合理、节制、有度，否则人类将会陷入科技至上论和唯发展主义的泥沼。那么，在卡森看来，这个合理合的是什么理？节制人类的自然探索的度是什么度？在《我们周围的大海》一书中，她用具体的例证回答了这个问题。她指出，曾经不断有人提出要改变洋流模式以调整气候，如使墨西哥暖流更靠近美洲东岸，希图让美洲的冬天因此更加温暖。她坚决反对这种违反海流自身运动规律的妄念，反对人类利用科技对海洋实施反自然规律的粗暴干涉——这与她在十年以后坚决反对人们违背自然规律地用杀虫剂干预自然进程，在思想上是一脉相承的。她庆幸那些企图改变洋流的狂妄计划因为经费等问题未能真的被付诸实施。她告诫人们，如果一旦实行这样的计划，所造成的结果会与所期望的大相径庭：“冬天从内陆吹来的风会变得更冷更强”，对沿岸居民来说，冬天气候会更恶劣，而非宜人。

人类文明发展至今，的确在某种程度上改变了自己的生存处境，随着人类掌握科技的日益增多，如今的人类更要警惕用科技改造自然的野心。应该明确，对技术造成的结果的批评不是针对技术本身，而是针对它的运用。一切技术都是人所制造的，是人的某种辅助手段，因此人必须对自己所创造的、所运用的技术负责。技术只是手段，而非目的，技术手段的运用必须注重方式方法，必须符合自然规律，否则不仅事与愿违，还将使作为技术使用者的人类付出沉重代价。

科技并非万能灵药，对科学技术的盲目崇拜容易导致“先污染后治理”的思维，使人类依赖于利用技术去解决技术带来的问题，从而又引发新一轮问题，陷入死循环中。目前许多证据显示，作为权宜之计的技术解决手段却使人类落入了技术陷阱，技术带来的污染活动反而使地球承载生命的能力降低了。不仅如此，更为本质的问题在于，人类的精神家园受到了科技至上论的冲击。汉斯·萨克塞指出，我们面临的危险因现代科技的发展而变得更加现实了。从根本上不满技术文明的态度，影响相当深远，因为这种生活方式实际上忽视了人的情感需求和情感力量。对技术文明的根本不满证实了衰败理论的存在，现代人缺乏生存的安全感，深受无家可归的、陌生化的情绪所困扰。从年轻一代的逃离现实者到有教养的知识阶层，这种异化普遍存在于广大民众中。人们对彼此、对人生都产生了严重的信赖危机。事实上，随着经济和科技的发展，人类背负着越来越重的“空虚”感，在人类中心主义、唯发展主义等欲望的恶性膨胀中越来越惶恐、焦躁不安，越来越难以“诗意地栖居”于精神家园之中，人日益变成“物化的人”“单向度的人”。鲁枢元在《精神守望》的序中这样写道：“科学越来越发达，人却越来越无力；技术越来越先进，空间却越来越狭窄；商品越来越丰富，生活却越来越单调；世界越来越喧闹，心灵却越来越孤寂……”这些论述深刻地指出了人类发展现状的问题所在。

科技文明对大自然以及人类生存价值的破坏日益严峻，在此背景下，重拾自然本身的重要性、强调人与自然和谐共处的必要性就显得尤为重要，这也是卡森在作品中极力传达的理念。从“海洋三部曲”到后来的《寂静的春天》，卡森都表露了她对唯发展主义和科技至上论的担忧，倡导人与自然合理的相处之道。我们应恢复对自然敬畏、谦卑、负责和关怀的美德，把技术对自然的干扰降低到最小值，建立一套合理的行为准则，使之符合生态多样性和平衡性原则，有助于生态长久持续稳定。该承认，技术的合理运用在一定程度上是人类能力的延伸，可以帮助我们更好地认识自然，对科技的警惕并非反对使用技术，而是强调将技术应用于合理范围内，使之符合自然的整体规律。人类对自然的理解，决定着我们的行为方式。汉斯·萨克塞指出，“对自然的认识会导致人对世界的认识发生根本变化，这种变化是决定性和直接的，可以不再把运用技术作为中介。更重要的是，人类若有心观察自然现象、尊重自然规律，就能据此来调整自己的行为，更好地生存。”卡森写到了这样一个典型例子：

海面闪闪发亮有时也许并非一件好事。在北美太平洋沿岸，一旦海面上闪着磷光，表示海水中可能充满了膝沟藻，这种微小植物属于涡边藻类，含有奇特而恐怖的剧毒，只需四天左右就能成为沿海数量最多的浮游生物，而邻近的某些鱼类、贝类在捕食的过程中，因吃下了水中有毒的浮游生物，也会随之含有剧毒。膝沟藻的毒性被贻贝蓄积在肝脏，这种毒素会破坏人类的神经系统……

居住在太平洋沿岸的人因此都知道，膝沟藻可能大量繁殖的夏季及初秋，千万别吃海边捞上来的贝类。实际上，在白人来到这个区域之前，印第安人早已知道这一点了。一旦红色斑纹在海面上出现，海浪的蓝绿色光点开始神秘地在夜间闪烁，部落族长就会下令禁止族人捕捞贻贝，直到这些征兆消失，禁令才会解除。他们甚至在海边设立一站站的岗哨，警告不知情的内地人此时勿到海边捞贝。

大自然会给出许多征兆和暗示，供有心人去发现。面对自然中那些不可打破的规律，如果逆而行之，只会自食恶果。而尊重这些规律、在自然面前保持谦逊的态度，则是一种智慧的表现。对于自然的无穷奥秘，人类应采取一种积极探索的态度，对自然了解得越多，越能生发出敬意。卡森说：“海中的动、植物是比人类更优秀的化学家，我们目前从海中萃取矿物资源的方法和这些生物相比，仍显得十分拙劣。”看似渺小且脆弱的珊瑚、海绵和矽藻等生物体内蕴含着神奇的自然秘密，能够直接从海洋或浅海沉积岩中取得所需物质。人们若能从自然现象中提炼奥秘，用于改进技术、改善生产，以生态友好的方式从自然中获取生存所需，一定比单纯依靠科技发展得更加长久。人类实在不能妄自尊大，当人类解开一个个未知的谜团，对大海有更多了解之后，也更能感受到与自然和睦相处的必要性。

人类不能越过自然法则的限度，而应顺应自然规律，在自然能够承载的范围内生存和发展。卡森写作“海洋三部曲”的一大目的，正是使普通民众更好地认识海洋，倡导人类更进一步合理、有度地探索海洋奥秘。“在幽暗而不平静的海洋深处，隐藏着更多亟待我们去破解的谜团。”破解谜团的目的，不是为了控制自然、利用自然，而是力图更真实地认识自然、了解自然。所有的生命体都有超越的经验，而人类的“智慧、语言和文化使我们能比我们所知的其他任何生命体超越得更高更远，整个社会拥有的责任感是其他生物无法相比的”。人类应该对自身的超越性报以足够的自信，这种超越性，是对自身狭隘的人类中心主义的超越，是对科技至上论、唯发展主义等错误观点的超越。有了这种超越性，人类才能在探索海洋的过程中逐步解开奥秘或接近真相，更加接近自然，进一步读懂自然。有了这种超越性，人才能够对所有生物和整个生态系统负起最大的责任。

三、人的融入自然

（一）回归生态处所

随着写作技巧的纯熟，卡森的遣词造句更加诗意化，作品的散文抒情特点也日益显著。尤其是在写第三本书《海之滨》时，卡森开始更多地让主体性的“我”出现。这本书中的人类形象，是以“我”为代表的一个融入自然的人，一个符合生态理想的人。卡森在这部书中很大程度上将自己的感悟与情怀投诸其中。在《海之滨》的序中，卡森满怀深情地写道：“我们的祖先起源于海岸，因此这块朦胧之地与海洋本身一样，永远使我们迷恋、使我们渴求回归。动作、变化和美的魅力就存在于潮浪循环往复的韵律中，在高低潮线包罗万象的生命里；而我相信，我们一定会为它内在的意义和旨趣而更加心荡神驰。”海滨这一生态处所对卡森来说有独特的意义，在她看来，“走下低潮线，我们便进入了一个同地球本身一般古老的世界：这里是陆地与海水元素在太古洪荒时期的交汇，是妥协和冲突的象征，也是一块恒久变化之地。”显然，海之滨这一特定地域激发起了卡森浓烈的处所意识。

人所借以存在的特定自然区域就是处所，人的生态身份由它所影响和决定，同时在其中生存的人也可影响和呵护这个自然区域。处所是“关系性的、历史性的并且与身份认同相关的”，其特定时空里的一切存在物和其中的人因处所聚集，在相互联系中呈现出各自的所在，因此处所与人的“身份认同”密切相关。随着一次次步入海滨这一生态处所，感受周遭这古老而又充满生机的世界，卡森愈加深刻地体会到，“当我们伫立于海岸上，感受这雕琢出大地轮廓、创造出岩石与沙粒的长久海陆韵律；当我们以心灵之眼和耳，感受生命的浪潮不断拍打着海岸，盲目而无情地争夺立足之地……，唯有如此，我们才可能真正了解海岸。”而当我们“迈入其中，它的美和深刻意义就更能为我们所领略，那是生物之间、生物与环境错综复杂、紧密相连的生命交织。”正因如此，卡森在海岸间一次又一次地漫步、探寻，感受海滨生命的神奇与美好，同时一步步地接近自己的生命意义，形成一种生态的自我身份认同。

生态的身份认同是将特定的生态区域和整个地球生态作为坐标，进行个体生存身份与角色的确认，因此考量生于斯、长于斯、死于斯的生态处所就显得十分重要。处所在人形成生态身份认同方面具有极其重要的意义，正如斯奈德所言，想知道“我是谁”，首先必须弄清楚“我在哪里”这个问题，要确知“你所在之处整个自然世界的样貌，明白所有物种间的相互作用，以及你如何参与这种“相互作用”处所对人类认同自身的生态身份无疑起着重要作用，但现代人的生存状态却与生态处所日渐疏远，这种境况让生态文学家、生态思想家们十分担忧。生态处所的远离在现实生活中的显著表现是人们处所感的进一步衰减。人们丧失了对自然的感知，也丧失了自我，这一切由处所感的模糊和淡化所致。人性的迷失与家园的丧失相伴，因传统意义上稳定的归属感变得不复存在，人和住宅都异化为“可互换的零件”，人人都是无家可归者。“没有处所语境，就无法自我构建”。人性异化伴随处所剥夺和非处所存在而来。人类面临的种种非处所存在的困境使有识之士感到，必须发出回归生态处所的呼唤。卡森本人就是回归生态处所的身体力行者，《海之滨》一书中那个热爱自然、融入自然的“我”，基本上就是卡森本人的真实写照。她对物质生活没有太高的要求，向往一种简单、自由而亲近自然的生活。在第二本书《我们周围的海洋》大获成功之后，卡森在海边购置了一处地产建起小屋，可以终日与她最爱的大海相伴。正是在这里，她感受到了回归生态处所的极大满足和快乐。

位于缅因海岸的小屋建好后，卡森在这里度过了十几个夏天，得以和她最爱的海滨亲密接触，也在这里完成了《海之滨》这本书。自然的美丽与神奇令人深深沉醉，《海之滨》中的“我”在自然面前常常表现出一种无比尊重、带有谦逊的态度。“洞窟围住了水潭，洞顶与洞底相距仅有几寸，下面的静水形成一面镜子，所有在洞顶上生长的，都反映在水中。”卡森以散文化的笔调抒写着在海边亲近自然的美好感受，使人心荡神驰，也令读者意识到，唯有尊重自然、保护自然，这样的美好才会一直延续。

处所的概念还与时空视阈密切相关，处所存在的最基本维度就是时空性。处所的框架和视界是由时空视阈构成的；在时空视阈的基础上形成的关系网亦即处所本身，这其中既有时间和空间，又包含时空的各种联结性。卡森在进行长途海上航行时，生发出了这样的感慨：

身处人类所建的乡镇都市，我们经常会忘记地球的真正本质，忽略了人类的存在时间在地球的漫长历史中，不过仅如一瞬。只有在海上进行长途旅行的过程中，一天天地看着随浪潮而起伏的模糊地平线，在夜间因为望着星辰变换移动而体会到地球自转，或在水天一色的世界里，独自感受地球在太空中的孤寂时，我们才能真正清楚地体悟到地球的本质和悠悠历史。然后，人类方能意识到，我们所处的是一个水世界，海洋覆盖地表，主宰了这个星球，而大陆不过是陆地一时入侵了环绕全球的海洋表面——这些体悟都是我们在陆地上不曾有过的。

这段感想极富哲理性，在海上乘船漫游的卡森，望着眼前海天相接的辽阔景象，生发出了对我们生活的这个星球本质的无限感慨。由“此刻”与“此地”的交汇为结点构筑成的时空关系网，使卡森碰触到了时空性这一处所存在的基本维度，意识到海洋这一生态处所对地球的意义。我们唤作“地球”的这颗行星大部分的面积实际上是由海洋覆盖的，海洋是那样宽广而博大，有无数奥秘值得人类去探寻，而大自然本身更是充满神秘和奥妙。人类至今存在的历史在整个地质时间里还非常短暂，我们应该对自然保持一份敬意，将自己的眼界扩展到整个星球，在尊重自然的前提下摆正自己的位置，才能对我们身处的这个世界有更深刻的理解。

在海滨聆听浪潮时，卡森生发出这样的体会：“人在这个世界里，是坐立不安的不速之客。当大海呻吟埋怨般的呼号打破了夜的静谧时，人能清晰地感受到大海的力量和威胁。”正如戴明说的：“所爱的特定处所能引起的沉思的特质。”生态处所对人的自我建构有着不容忽视的作用，卡森对于自然的无上热爱使她在特定的生态处所中，进入了对人与世界关系本质的思考，回归了对生命最质朴的感受。

（二）构建生态自我

“自我实现”准则是由“深层生态学”的创始人奈斯提出的，这里的“自我”不是个人的自我，而是生态的自我。奈斯认为，有三个阶段是自我的成熟所必须经历的：“本我”—“社会的自我”—“形而上学的自我”。“形而上学的自我”是最成熟的一个阶段，表现为“生态自我”。当人在人类共同体与大地共同体的关系中实现了生态自我，“灵魂就会变成一个四面敞开的空间”，这个“自我”已然和自然万物融为一体，来自大自然，最终又回归大自然。人克服了狭义的“本我”，实现了人与自然、人与他人的“普遍共生”，“生态自我”由此形成一种促使“生命平等对话”的极富价值的“生态智慧”。

人应认识真实的自然，学会体验、探索自然，从中感受参与到自然中的愉悦，使身心得到滋养和净化，最终实现融入自然、寻回生态自我。摆脱受物质欲望束缚的异化状态，重新做一个质朴赤诚的自然之子，这是卡森所提倡的，她在《海风下》写到了这样一个例子：

有个出海才两年的渔民在撒网艇上工作，他至今对初入行时自己的心情还记得清清楚楚，而且他觉得也许永远也忘不了那种感觉。那是一种无止无尽的好奇，就想知道到底有些什么在水底下。他有时看见鱼躺在甲板上或冰柜里，就会想：在鲭鱼看来，这个世界是什么样的呢？他这一生，注定永远无法得见鲭鱼之所见，也永远无法到达鲭鱼之所往。这些想法他几乎从不曾说出来，可他老觉得，在海中度过一生、历经磨难从各种冷酷敌人手里逃脱的这样一种生命，不该在捕鲭船板上终结。

在浩瀚的大海之上，这个自然之心未泯的渔人真诚地体察海洋生物，超出了人类的利益考量，乃至暂时忘却了自己的社会身份，纯粹因与自然生命的相通性而动容，流露出质朴淳厚的天然情感。在与自然的和谐共处中，人类能真正恢复一种生态的生存方式，生态的自我在实现的过程中日益减少了与生态系统中其他成员的疏离感。

“生态自我”的属性是生态与自我的交融，是生态整体中的主体与主体的交流。人要实现主体性，达成人的自身价值，成为一个“完整的人”，就必须建立一种健康的“地球心理”。人的主体性只有在与非人类主体的交流、与世界的对话中才能实现。所谓的“自然价值论”不仅是保护生态系统的伦理理由，也是人类师从大自然的原因，自然法则是人类向自然学习的主要内容。卡森指出，当人类试着去融入自然、耐心观察自然，便会发现，自然界中生物的不少行为会给人带来深刻的启示。例如，书中写到藻钩虾抚育下一代方式的这个例子，就足以启人深思：

在孩子们能够独立开始生活之际，母亲似乎流露出不耐烦的神色，急于甩开群集在她窠巢附近的幼虫。她用螯和触角，把幼虫推到巢的边缘，并试着驱赶它们。幼虫用钩和带刚毛的螯紧附在老巢的两壁和通道上，不愿离开。虽然终于被赶了出去，它们却依然在附近徘徊。如果母亲偶然现身，它们就一拥而上，依附在她身上，再度回到熟悉而安全的老巢，直到最后母亲不耐，再度把它们赶出去。

连那些刚被赶出孵育袋的幼虫，也都造了自己的巢，并且随着成长的需要而扩大巢穴……我们时常可以在大端足目动物的窠巢附近，看到几个小巢。这也许是因为幼虫虽被母亲赶出窠巢，却依然喜爱待在她身边的原因吧。

大自然中的竞争绝对是残酷而公平的，为了让下一代可以独立生活，藻钩虾母亲毅然将幼子们赶出“家门”，让它们有能力自己觅食、独自面对天敌，得以正常生长，继而延续种群。藻钩虾母亲可谓是“育儿有方”，而藻钩虾幼虫对于母亲也很“长情”，即使被赶出了窠巢，仍然喜欢待在离母亲不远的地方。正是大自然教会了藻钩虾这一课，而藻钩虾的行为也给人类上了意味深长的一课，值得许多父母、子女借鉴反思。人类实在不能妄自尊大，沉湎于自封的所谓“万物灵长”的身份而趾高气扬。实际上，自然界中的万物不存在高低贵贱之分；人类也不过是其中的一员，我们从其他许多生物身上恰恰能够得到珍贵的启迪。在“海洋三部曲”中，卡森还写到了“不论面对挫折或享受暂时的成功……都没有任何消极态度，仿佛充满了坚强意志”的僧帽水母；为了护卫自己的伴侣，积极进取、英勇奋战的三脚鹬等展现出可贵品格的生物，同样具有启发性。

随着对自然的深入了解，人会愈发清楚地认识到自然界的万物都有自己存灭的规律。对自然规律的确知和遵循，是生态智慧的一种最高体现。卡森无比热爱自然界中的一切生物，正因为这份热爱，她在身处自然怀抱之时，更加注意尊重自然规律，不轻易干涉生物的自然生存进程。她居住在海边的小屋，夜里每每听到沉重的涛声滚滚而来，淹覆了苔藓蔓生的暗礁时，总不免担心海星宝宝、海胆、海兔以及其他所有生存在其间的弱小动物。但她又不忘提醒自己：“我明白，它们是安全的，它们的世界在最浓密的潮间丛林的保护下，海浪虽拍击其上，却不会造成任何伤害。”卡森清楚地知道，人不应干涉自然，越深地融入自然中，越是要时刻提醒自己这一点，必须尊重生态整体性原则。同样，人不能超出自然法则的管辖范围，而必须顺应自然规律，在自然能够承载的范围内生存和发展。这与塞尔所说的“与大地共生”原则相契合：“与大地共生意味着在它的生物区域内，以一种遵循自然方式和节奏的状态生存。”卡森对自然的热爱与尊重使她深深了解，人类不应先入为主地将自己的观念强加于自然，而应根据自然规律来改变成见，遵从自然规律，完善自己的智慧——唯如此，人才能真正成为生态的人，人的自我才能与自然万物融为一体进而实现生态的自我。

蕾切尔·卡森在“海洋三部曲”中展现了人与自然对立、人对自然的探索以及人融入自然。这不仅是她在三部作品中对人与自然关系的不同层面的表现，从中也可看出她希冀人类面对自然的态度能够有所转变。从一种非生态的对立对抗状态，到合理探索自然，再到逐渐寻求、接近生态处所，实现人的生态自我的构建，融入自然，归返一种生态的生存方式。这一切，都是以生态系统的整体利益为旨归的。

第五节　爱德华·艾比的“无政府主义”生态思想

一、爱德华·艾比生态思想的基本精神

（一）沙漠无中心对人类中心主义的隐射

“沙漠无中心”是继“荒野价值”之后艾比的又一个核心概念，也是《孤独的沙漠》一书的主题思想，是理解艾比对人类中心主义批判的关键因素。“沙漠无中心”基于沙漠的“孤独”而言，因此我们首先得追问沙漠是否真的“孤独”？《孤独的沙漠》英译自 *Desert Solitaire*，而 Solitaire 的名词意义来自法

语词汇 solitary，意指一种单人跳棋游戏，在拉丁文中则是形容词性“被孤立的（Solitarius）”或“看起来孤独的（see solitary）”。除这层含义之外，还存在另外一种含义即“独粒钻石（a precious stone set by itself）”。由此可知，不论“孤独”代表单人跳棋的自娱自乐还是意为被孤立，它已成为沙漠的内核和代名词。从现实的角度而言，这种“孤独”不仅有着它的历史语境，更有着其惯性的现实基础。一方面，沙漠由于其恶劣的环境因素，极不适宜人类居住，也不适宜于人类长期逗留，在历史上，沙漠是人类文明的吞噬器，即使时至今日，沙漠依然是人类生存的巨大威胁和难以逾越的挑战。沙漠因其恐怖的威力和远离人类活动的范围而“孤独”。而在另一方面，沙漠的“孤独”长久以来更像是被人冷落的“孤独”。随着科技的进步和探测手段的发达，沙漠实际上并不像人们想象的那样了无生机和一片死寂，沙漠中不光有生命，有星罗棋布的湖泊，更有色彩斑斓的生命和世界。更甚者，艾比笔下的沙漠获得了神性的光辉。

这意味着沙漠的“孤独”一开始就具有两面性。它看起来“孤独”（see solitary）以及由此而来的被弃置的“孤独”（leave it alone），这种“孤独”不是来自别处，正是来自人类“透视”的偏见。正囿于此偏见，我们无法进一步认识到沙漠“孤独”的外表之下还有一层孤傲气质（a precious stone set by itself）——如同独粒钻石一般独自闪耀，孤芳自赏。更进一步，人类以自身为出发点的“透视”正是来自人类中心主义的偏见。那么何为人类中心主义呢？有学者指出：“人类中心主义指‘第一，人是宇宙的中心；第二，人是一切事物的尺度；第三，根据人类价值和经验解释或认知世界’。”这也就是说，人类在立场、尺度和认识世界的方式上全部立足于自身，这种以自身为出发点的做法毫不客气地说是对自然的侵凌与霸占，人自身的目的成为一切的最终归宿，人跳出自然之外来审视自然，自然只能成为人的目的性工具。

沙漠的“孤独”只是自然“孤独”的一个缩影，同时是人类中心主义的写照。沙漠从来都是被动的，它虽然存在着但似乎又不存在，因为在古典主义者看来，只有人才有意义或被认为是真实的，沙漠的存在是一种被剥夺的真实。因此，“等待”成为沙漠的主题，“看起来沙漠像是在等待——但是，它又在等待着什么呢？……它敞开胸怀躺在那里，迎接着人们的探索与长期居住……沙漠在人们的眼里仍然是一个荒凉、寂静、陌生的地方……沙漠有些东西是人类还无法理解，或者迄今为止还未能理解的。也许这就是为什么它很少在诗歌、小说、音乐、绘画中出现的原因……沙漠——岩石台地、峡谷、悬崖、山峰、迷宫，沙丘和山脉——仍然在等待着人类的涉足”。沙漠的“等待”既是一种真诚的渴望，又是一种戏谑式的嘲讽——自然竟要自降身份央求人类去怜顾？马克思指出：“自然界，就它自身不是人的身体而言，是人的无机的身体。这就是说，自然界是人为了不致死亡而必须与之不断交往的、人的身体。所谓人的肉体生活与精神生活同自然界相联系，也就等于说自然界同自身相联系。”归根到底，“因为人是自然界的一部分”。

与沙漠的谦卑与低姿态相对的是人类的自我炫耀与高傲的自满。狄德罗自信满满地宣告：“有一件事是必须得考虑的，就是当具有思想和思考能力的人从地球上消失时，这个崇高而动人心弦的自然将呈现一派凄凉和沉寂的景象。宇宙变得无言，寂静与黑夜将会显现，一切都变得孤独。在这里，那些观察不到的现象以一种模糊和充耳不闻的方式遭到忽视。人类的存在使一切富有生气。在人类的历史上，如果我们不去考虑这件事，还有什么更好的事情考虑吗？就像人类存在于自然中一样，为什么我们不能让人类进入我们的作品中？为什么不把人类作为中心呢？人类是一切的出发点和归宿”。相较于人以自我为中心，艾比则认为，沙漠并没有中心，“沙漠的中心在哪里？过去我常以为是在美国西南部的某个地方，不可能说出具体的位置……但实际并不是这样。现在我相信沙漠没有中心，它给我们出了一条没有谜底的谜语，而这条谜语本身正是人类意识的局限性和夸张性造成的一种幻想。”沙漠没有中心是因为自然从来不为自己设限，自然可以将它的触角延伸至地球的任意角落，地球上的每一寸土地都被纳入自然的怀抱之中，不偏不倚并且公正不阿。反之，人类以自我为中心，试图征服地球上的每一个角落，可现实境遇却是我们处处受限，画地为牢地将人与自然隔开，但我们又发现始终无法背离脚下的土地、流淌的河流、悬浮的空气和高高在上的天空，人类曾试图征服一切，但发现这种征服的恶果不外乎是自取灭亡。这就是说，沙漠的“孤独”终将演变成为人类的自我“孤独”——因为孤立自然同样意味自我孤立。海德格尔认为，“此在”在世就意味着人在世间的生存，“也就是人对作为‘世界’的自然生态的‘依寓’与‘逗留’”。同样，如果缺少了自然环境的客观对象，作为“对象性存在物”的人又该如何表现和确证他的本质力量？因此，只有抛弃人类中心主义的思想，以无中心的或与自然统一体的心态面对自然，才能达成人与自然的最终和谐。这是艾比沙漠无中心思想对人类中心主义的直接批判。

（二）沙漠无中心对荒野精神的延伸

沙漠无中心思想除了表现出对人类中心主义的反叛与反思，更表现出对荒野精神的拓展与丰富。首先，沙漠无中心思想延伸了荒野精神中的沉思特性。荒野一度被认为是神降临的场所，一方面信徒们于荒野中冥想沉思以求接近上帝或神，另一方面荒野以其沉郁及广袤迫使闯入者因惧怕其威力而自觉渺小且不敢高声语，因此可以说荒野的沉思特性是由它的神性特质决定的。沙漠则相反，“沙漠就躺在那里，就像一副裸露的骨架，简单、荒凉、朴素，完全没有价值，根本无法唤起人们的喜爱，除了沉思以外”。与荒野的覆盖相比，沙漠是裸露的；与荒野的复杂相比，沙漠是简单的；与荒野的浓郁相比，沙漠是荒凉的；与荒野的神性相比，沙漠是朴素的，完全没有价值，沙漠不仅根本无法唤起人们的喜爱，甚至完全站在荒野的反面，但沙漠与荒野同样都是沉思的。因此，如果说荒野代表着繁盛与有，那么沙漠则是荒凉与无，有的价值在于正面的引导，如获得神的启示，无的价值则是反面的激发，如死对生的启发。沙漠的无衬托了荒野的有，使荒野显得繁盛，反之荒野的有又离不开沙漠的无，如生离不开死一样，不然荒野则显得单调与乏味。此外，沙漠无中心思想又拓展了荒野的包容度。毫无疑问，荒野的包容体现在多种生命在荒野之中的永存以及它们的多样性和活力，在荒野之中，各类生命独立自足又和谐共生，每一种生命互相联系而又自得其乐，所以艾比在面对荒野所包含的丰富生命力时不由地高呼“种族的多样性万岁！地球万岁！”沙漠则表现出另外一幅景象：“沙漠让我想起了一些完全不同的东西——荒凉的，结构单薄粗糙的作品，像贝尔特、勋伯格、韦伯恩和美国人伊里亚特·卡特的作品……就像这种音乐的某些方面，沙漠同样是有音调的、残酷的、清晰的、非人性的，既不浪漫也不古典，既没有移动也没有感情的，它是一种同时矛盾着的载体，既极度痛苦，又十分沉默”。

与荒野之中的动物们“不会因为环境而流汗和抱怨，它们不会躲在黑暗中为它们的罪过而哭泣”的温情脉脉相比，沙漠中的动物大都生性残忍、狡猾异常，就连植物也是矮小多刺，形状扭曲，它们展现着沙漠的残酷和非人性，既不浪漫也不古典。但是，这并不意味着沙漠中的生命怯懦而让人生厌，相反它们是如此的勇敢、聪明，如先知般聪慧地在看似沉寂的不毛之地中展现着生命奇迹。

我们需要沙漠的残酷与非人性，就如同天堂需要地狱一样。实际上，有天堂就有地狱，有温情就离不开冷漠，因此但丁在《神曲》中展现了从悲哀的地狱到光明的天堂的上升过程，地狱成为到达天堂的途径；波德莱尔则在《恶之花》中罗列了人世间的种种恶，以恶的逼真影响我们对于美的思索与本质追寻，以对恶的冷酷审视展现对美的强烈欲求和对真的呼唤。沙漠的残酷与狡黠，不正让我们沉思人生的美与真到底何在？试问，如果我们给美筑造了天堂，那么是否就应该为恶筑造地狱？不然恶将至于何地？如果天堂容纳了美是一种巨大的包容，那么地狱收留了恶岂不是更加巨大的包容？沙漠不正是如此？由此可见，沙漠的残酷与非人性是一种包容，它包容了我们情感中不愿包容但又必不可少的部分。

二、爱德华·艾比的基本生态主张与反思

（一）理想化现代生存

理想化现代生存是艾比在《孤独的沙漠》中试图传达出的一种以批判现代机械文明为基础的基本生活主张。理想化现代生存注重人对自然的体验与发现，降低人的物质需求，放弃机械文明的享乐转而追求生活的真实与快乐的生存模式。理想化现代生存是架构在现代化生存环境下的一种理想模式或可能，它的现实内核是多种经验的混合体，包括艾比童年的乡下记忆、对中西部地区的神秘向往以及逃离现代机械文明的渴望，它的理想背景是西部荒野，准确地说是沙漠或国家公园，在这里艾比探寻了理想化生存的可能。

1. 理想化现代生存的实质

理想化现代生存混合了过往经验与理想追求，它的复合本性决定了它的两面性。

（1）家园意识与生态身份的追认。“橡树往往与宁静的白桦与山榉结伴 / 群山之间，有一个友好的地方把我吸引。”荷尔德林在返乡之时一眼就抓住了故乡所具有的柔和魅力，故乡被称为“友好的地方”，它既是理想又是现实——艾比将第一次领略到西部魅力之后的悸动描述为犹如“男孩初次见到未着装的少女（An impossible beauty ，like a boy’s first sight of anundressed girl）”，在回忆起故乡时则是深情款款地说，“我将故乡定义为：幸福。”

他还写道：“尽管目前为止我的大半生都居住在金红色的美国西南部，甚至我将自己看作是沙漠老鼠和西南人（and think of myself as a desert rat and a Southwesterner ），但我永远也不会将绿色的阿拉巴契亚山从我的脑海中移去。”要言之，无论是荷尔德林还是艾比，无论故乡被描绘得多么美好，他们都只能穿过故乡而无法抵达——因为故乡在一开始就被安置在一个虚构的方向上，它的回忆渲染特性与多种经验的混合性，使它只能是一个诗意的彼岸。“‘家园’意指这样一个空间，它赋予人一个处所，人唯在其中才有‘在家’之

感，因而才能在其命运的本己要素中存在。这一空间乃由完好无损的大地所赠予。”因为要筑造“家园”，首先便要拥护大地，因为大地是家园的“守护神”，是“家园天使”。家园必须建立在大地之上才是有根的存在，对艾比而言，霍姆（Home）镇的荒野成为他的家园实体——在这个实体之上依然混合着他童年漂泊的无根、结束漂泊的感激以及他对西部世界炽热的向往与激动，因此对荒野的热爱也就变成了对家园的珍惜，对荒野的守护也就意味保有家园。荒野成为家园的代名词以及艾比的精神自治区域，而这也成为他创作的母体之一，珍惜与守护成为保卫家园的武器，在创作上暗示了前文所述的两条线索：珍惜—散文模式，构成了家园的温柔抒写，是一种正面的美的颂扬；守护—小说模式，构成了家园的暴力反抗，是一种对破坏者毫不留情的反破坏。两者一体守卫着艾比的精神世界与荒野价值。除了在以《孤独的沙漠》为代表的散文中有意筑建家园，艾比在其中还表现出对人与自然关系，确切地是说是人以何种身份进入到自然之中、理解自然并与之融为一体的问题。在《孤独的沙漠》中的“第一个早晨”，艾比在巨石前的沉思表明了其立场，“我到这里来不仅是为了暂时逃离喧嚣、浑浊与混乱的机械文化，而是为了，如果可能的话，及时与直接的直面存在的本质（the bare bones of existence），那维系我们存在的主要的、根本的基石……我梦想有一种强力而冷酷的神秘主义信念（mysticism），借由它使本真的自我（naked self）融入这非人所属的（nonhuman）世界当中，并又以某种完整的、特别的、独立的方式存在着。”在这里，艾比所关心的是进入到这个非人所属的世界之中的方式问题——本真的自我（naked self），naked self 本意是赤裸的自我，这种赤裸不仅是不着装束的，更是回归到出生之时的原生状态，这时的生命既是没有任何装饰的，即是本真的，也是没有身份的，故而又是自由的。因此，艾比在这里实际上所强调的是人进入到沙漠之时的去身份化问题，就是要摆脱被现代文明所束缚住的自我，能够直面存在的本质（bare bones of existence），进而通过与神的沟通使本真的自我融入这非人所属的世界之中，也只有这样才能在真正意义上进入沙漠，体味荒野。去身份化的重要途径之一就是改变以人类为中心的自我思考模式，不以自我的思考代替其他生物的思考，真正将它们与我们平等地放在天平的两边。“我并没有将人类的动机强加于我的蛇或熟悉的鸟儿……否认任何形式的人与所有动物的感情（除了人与狗）的理性主义是愚蠢而错误的……那些没有经过驯化的野生动物拥有不为我们所知的情感。为什么草原狼会对着月亮放声高歌？海豚到底如此耐心地想要告诉我们什么？……它们不会因为环境而流汗和抱怨，它们不会躲在黑暗中为它们的罪过而哭泣……”动物的情感自有其意义，它不是人类情感的外射与象征，不是人类情感的寄托，也不是“我见青山多妩媚，料青山见我应如是”的同情，而是非人所属的，真正属于它们自己的声音与情感，是不为我们所知的情感。想要获得这种情感，就必须放弃为人所属的多重身份，抛弃以人类为中心的理想偏见，以一个平等的视角进入动物世界。去身份并不意味着无身份和不需要身份，而是因为只有先去除被机械文明束缚的文化身份，才能建构一种新的自然的身份，即生态身份。如果说去身份意味着摆脱属人的人类中心偏见，那么重建身份就是修复人与自然的隔阂，重拾人与自然的联系。在艾比看来，任何现代机械文明的东西的使用都意味着与自然的隔绝，即使被认为最伟大发明之一的电灯的光——在某种意味上是光明与自由的象征——都会造成这种隔绝，“我习惯了刺目的灯光和发电机发出的噪声，但是我已经被我自己用一个人造的壳与外部世界完全切断了联系。沙漠与黑夜都被我阻挡在外，我再也不能深入它们中间，或是观察它们了，我用一个巨大而丰富的世界与一个又小又贫瘠的世界做了交换……信写完了，我出去关掉了发动机的开关……我等着。现在黑夜又回到了我的周围，寂静又重新拥抱着我，容纳了我……但是我感到的不再是孤独而是美好。”与其说黑夜在此刻成为艾比的一部分，不如说艾比此刻就是黑夜，因为他已经融入其中，如同他曾将自己看成“沙漠老鼠（desert rat）”一样。

从寻找家园到去除人类身份再到追认自然身份，并不意味着艾比的沙漠之旅到此为止。在追认自然身份的同时，艾比在人与自然关系上舍弃了人 / 自然的从属模式，而是建构起了自然—人的对话模式；在思维视角上，抛弃了以人类为中心的俯瞰视角，采用了生态一体性平行视角甚至因敬畏而产生的仰视；在行为方式上，自然不再是属人的工具与被欺凌对象，而是放下身段，俯下身子匍匐式前行。人与自然的关系已经摆脱现代化文明的人类中心主义模式而得到了全新建构，在这个建构过程中，艾比不仅赋予自己全新身份，更赋予自己全新的责任。“在这片广阔的土地上，在这 33 000 英亩的拱石国家纪念公园中，我是唯一的居住者、观察者、使用权益者和管理者（custodian，应译为监护人，笔者注）。”在艾比笔下，作为荒野的监护人，不仅是他作为国家公园的管理者的工作的需要，更是他拥有与荒野一体的生态身份所应自觉承担的责任与义务，这也成为他一生书写荒野的动力源泉。

（2）对现代文明的忧思。如前所述，在散文中艾比集中表现了对荒野的颂扬与爱，而将批判现代文明的任务留给了小说，这并不意味着他在散文中与现代文明重归于好，而是表示在散文中的批判是柔性的，他更多地借用荒野中的真实、自由折射了现代机械文明的虚伪与僵硬，表达艾比对技术与生活，文明与环境之间关系的担忧与反思。技术制造了温柔陷阱。艾比认为，机械技术不仅制造了坚硬的外壳，将人与自然断然地割裂开来，更制造了温柔的陷阱——技术成为人的一部分，在这里人的需求与欲望得到了极大满足，人们逐渐丧失了肢体的活动能力，消解了需要与必须之间的界限，生活在机械的、单调乏味的周期性运转中，甚至成为机械的一部分，技术使人忘记了什么是“活得像个人样”的真实含义，忘记了在人之外还有一个与人平等、非人所属的神圣荒野。“我能够告诉他们什么呢？他们把自己密封在金属壳里，就像是长着轮子的软体动物，我怎样才能把他们撬出来呢？汽车就像是一盒罐头，而我们就是开罐器……不要有那么多的顾虑，脱下你们的鞋子……把你们的脚趾伸进灼热的沙土中，感受一下这片自然粗糙的土地……但这是上等的灰尘，上等的犹他州红色灰尘，含有丰富的铁和讽刺……从你们那机动的‘轮椅’中走出来吧，离开那泡沫橡皮的靠背，像个人一样地站起来！出来走走，在我们这美丽神圣的土地上走一走。”来到沙漠的旅客如同机械文明的代名词，离开了人造的欢乐和机械技术的刺激感他们根本找不到任何生活的乐趣。机械制造的“舒适的温棚”不仅麻痹了人的感官，更使他们变成了“弱智宝宝”，只有盲目地追随，从不追问自己真正所需。与同在沙漠中艾比与女士关于水和可乐机的对话一样，相对于可乐，水才是生活的必需品，而机械文明的“技术胜利”已经宠坏了（spoiled）生活中的大多数，他们不仅无限延展了“必须”与“想要”之间的边界，更把一切看得太重。机械的舒适使人成为享受的奴隶和机械曲轴的一部分，只有走进荒漠，将生活的标准降低到仅维持生理生存的程度上，人才能意识到机械生活所造成的扭曲，才能重归于生疏的大地母亲的温暖而又坚实的怀抱中。

经济统一体毁掉了个人生活。在艾比看来，工业社会的经济思维是建立在规范化与统一体的基础之上的，它将我们每个人联系起来并使我们成为其中的一部分。随着制度的规范化与完善，我们可以放心地将安全交给警察、将健康交给医院、将对错交给学校、将孩子交给育儿院、将老人交给敬老院与病床，我们无时无刻地不在依赖，我们总是不断地去建立起更完善的机制和更可靠的系统来保护我们，而我们要做的，仅仅是被雇用，成为这个经济一体化中的一分子，一个助推器或仅仅是一个象征性的符号。

艾比认为，工业化的城市虽然看起来技术进步、文化进步、观念新潮但到处盛行着商业化、工业化、城市化以及根深蒂固、破败不堪的个人主义，这种机械化的模式既不稳定也不公平，更不应该是人们所追求的生活方式。因此，在艾比看来，摩门教徒的生活方式才是“值得敬佩、值得保存的方式”。“暂且将他们的教义中滑稽的（comical）一面搁置起来，摩门教徒（Mormons）在实践中实现了一种在诸多方面值得敬佩、值得保存的生活方式。除了他们开创性的迁移、满怀坚毅且不寻常的英雄主义理想和事例外，他们最值得尊敬的地方在于他们坚守在雄伟与艰辛并存的西部（terrainin the west）。更为特别的是，他们在艰辛环境下解决困难的社群主义（communitarian）做法。他们对互助、合作和分享的重视在其他美国社区中并不为人所知——事实上，这些品质对他们的存活至关重要，但是摩门教徒以他们更加自觉和深思熟虑的方式取得了更大成果。例如，在特定的居住场所，他们不是将房子、农场与外在的景观分隔开来，人人为己，弱者遭殃（did not scatter themselves abroad over the landscapes in isolatedfarms and ranches, each man for himself and the devil take the hindmost），而是建造小的、合理的、美丽的和耐久的城镇并聚在一起，以教会为中心，在这里教会不仅作为一个宗教中心（religious center），而且作为一个社区的社会生活和政治焦点（social andpolitical focal point）。”坚守荒漠而远离城市，互助分享克服个人主义，信仰的精神纽带将人们团结在一起，小社群成为解决问题的方式和政治生活的中心，这似乎成为艾比心中的理想化生存模式。在这里，艾比基于摩门教徒生活方式所提出的小群体化生存模式与德国社会学家斐迪南·滕尼斯所提出的“共同体”与“社会”的概念如出一辙。滕尼斯认为人类社会的结合方式存在着两种基本类型，即共同体与社会，这两者既有区别又有联系。共同体是在“建立在自然的基础之上的群体（家庭、宗族）里实现的，此外，它也可能在小的、历史形成的联合体（村庄、城市）以及在思想的联合体（友谊、师徒关系等）里实现”。

共同体以相关人员的本能的中意、习惯制约的适应以及与思想有关的共同的记忆为基础。社会则与之相反，它以个人的意志与思想为基础，在本质上是机械的聚合与人工制品。群体以以感情为基础的本质意识为纽带，社会则以实现人的目的与手段的相互关系的选择意志为纽带，它们虽然都能将人聚合在一起，但在社会中人的关系并不紧密。“他们像在共同体里一样，以和平的方式相互共处地生活和居住在一起，但是基本上不是结合在一起，而是基本上分离的。在共同体里，尽管有种种的分离，仍然保持着结合；在社会里，尽管有种种的结合，仍然保持着分离。”

在社会中人的这种貌合神离反应在社会关系上，“从根本上讲是建立在可能的和实际提供的偿付的平衡之上的”。因此，“看得见的、物质的对象的关系放在前面，而纯粹的行为和话语能够构成社会关系的基础仅仅是非本意的。与此相反，共同体作为‘血缘’的结合，起初是一种肉体血缘的关系，因此用行动和言语表示，在这里，物品的普遍关系是从属性质的，物品并不是交换的，而是共同占有和享受的”。这意味着，人的社会关系突出表现为物的关系，在社会之中，人人都保持着敌对的紧张与严守界限的消极情绪，并陷入极端自私的个人主义之中，分享与交换都是为了报偿与回赠，而且只有当回报的诱惑大于付出时，人们才会与之交换。而在群体中，人的关系因群体的组合方式不同而表现为“亲戚—邻里—友谊”三种不同的人际关系，人们因情感的维系而上升到道德的义务，互助、合作和分享成为自觉，物的关系只占从属地位。因此，为了表现人的关系的纯洁性，艾比实际上以摩门教徒的团体生活方式呼唤民众放弃社会化的自私生活方式，也就是以互助替代自私，以合作分享取代有偿回报，从而摆脱机械社会物欲的束缚。

2.理想化现代生存的可能及其反思

理想化现代生存既表现出对家园意识与生态身份的追认，又表现出艾比对现代文明的忧思，其根本立场是对现代机械文明和人类中心主义的批判，这种立场直接来源于艾比对沙漠游客们的动机分析。

艾比认为，在经济飞速发展的当下，人们之所以要去旅游，不是因为多余的钱和时间，而是人们旅游的意愿和动机。旅游的最终目的不是快乐，也不是痛，而是通过旅游寻回已经迷失在机械物欲中的自我。因此，艾比将旅游者分为两类：跟团式的“机械旅游者（mechanized tourists）”以及作为独立个体的自主探寻者。作为机械旅游者或者是“车轮上的探索者（The Wheelchair Explorers）”，他们遵循快乐原则，即使是所谓的旅游他们也无法摆脱对机器的依赖，他们从精疲力竭的机械生活中挤出一点时间进入到沙漠中寻找风景和有趣的探险。“他们以一个路人身份在沙漠中消耗时间，试图看到他们可以从他们所购买的这种‘旅游产品’中抽出什么样的乐趣，像其他现代发明一样，沙漠就像一个愉快的创作项目——为满足人类的好奇心和稀少的需求提供了便利，对他们来说，这是沙漠的工具价值，或者‘沙漠能够使人类生活更美好’。但是，什么是沙漠以及沙漠作为一个独立系统所具有的独立意义是什么，这样的重大问题对于他们来说反而没有任何意义。”

由于他们试图从作为产品的“沙漠旅游”中获得快乐，因此对于沙漠中可能存在的不适的刺激反应冷淡，他们仅仅把沙漠中的残酷与艰辛当作一种旅游的缺憾，实际上并没有停下来去聆听人复归于自然时所获得的自然对我们慷慨地提示与安抚——沙漠恶的背后对真的呼唤以及沙漠沉思特性要求我们对机械车轮滚滚前进的驻足反思。而作为独立个体的自主探索者则不同。他们以自我实现为原则，来到沙漠寻找被现代文明挤压的自我，弥补自我的缺失。与机械旅游者不同，他们无轮、纯粹步行，只背负着生活的必需品并享受每天的汗水与臭味，他们以心灵进入沙漠，迎接沙漠的挑战并不畏前行。由此，我们可以将艾比的理想化现代生存的特征总结为反工业化、小规模、最低消耗、重体验四方面。不难发现，这种理想化现代生存是“生态乌托邦”式的。欧内斯特·卡伦巴赫在《生态乌托邦》中“想象了一个未来从美国分裂出来的三个州联合组成的新国家，即生态乌托邦，小说以纽约记者韦斯顿在生态乌托邦的多天的经历为线索，向我们展现了一个环境友好、生态可持续、反工业文化的生态文明社会”。首先，生态乌托邦的核心是反工业化文明。其次，对生态环境中的决定性因素——人口问题，生态乌托邦则努力“将减少人口数量确立为一个正式的国家目标”，这就意味人口的小规模化；在经济问题上，生态乌托邦认为经济的发展总以资源的消耗和环境成本为代价，这种对生态的破坏不是被掩盖就是转移给了下一代，因此生态乌托邦意在控制经济总量的稳定，“生态乌托邦仍然摆出喋喋不休的姿态。挑战潜在的美国国家哲学：挑战连续不断的进步、所有工业化的成果，以及不断增加的GNP……他们想做的就是达到那个稳定点，保持在那里，像一个整块”。

再次，生态乌托邦反对过度消耗和保持经济稳定的主张也就意味着每个人保持最低消耗。最后，在生态乌托邦中，有一段关于主人公韦斯顿置身温泉时的描写，“我闭上眼睛，沉得更深，只有鼻子露出水面。我丧失了对地平线、对所处位置、对一切事物的感觉——只有源于温暖大地深处的潺潺水流不断向我涌来。我不知道我保持这一状态有多久，但我突然听到自己大声喊出：‘我要留在生态乌托邦’”。韦斯顿洗礼般的呼喊正是艾比所极力主张的个人因深入沙漠而获得的心灵体验。

凡此四种，艾比的理想化现代生存与“生态乌托邦”皆共有之，且为两者的论述核心，因此我们不得不说艾比的理想化现代生存实乃乌托邦式的。问题是艾比的这种生态乌托邦式的理想化现代生存可行吗？有学者认为，“《生态乌托邦》以其鲜明的文学形象构想了一个生态可持续的美好未来，在文学层面上与深层生态学理论上构成了一种呼应”。

这意味着艾比的生态乌托邦式的理想化现代生存实际上构成了对深层生态学的呼应。紧接着，又有研究者指出，深层生态学首先陷入了“深”“浅”之辩，用“深”“浅”这样抑扬的描述性、相对性的词语描述一种思想，首先存在着“不规范、不严谨的问题”，同时对于复杂的社会现象“深”“浅”二字也缺乏足够的区分度；其次，深层生态学奉行“生态中心主义”，看似摆脱了“人类中心主义”，但实质上却是“无论怎么变化也只是人类中心的放大，人类这个中心的中心、这个同心圆的圆点并没有消除”；最后，深层生态学虽然力举摆脱“人类中心主义”的弊端，但其核心术语“‘自我实现’（Self-realization）则有着更为明显的人类中心主义色彩，它包含了典型的弱人类中心主义的逻辑，也彰显了深层生态学的内在矛盾……而深层生态学的自我实现，虽然采取的是与自然和谐、友好、共存的温和友爱的方式，但自我实现者——人仍旧是中心”。

由于扩大化的自我仍旧是自我，虽然自我扩大了，但人作为自我的中心地位仍没有变化，这无疑是一种改良性质的“人类中心主义”，这和深层生态主义的基本主张有着天然的矛盾。因此，艾比的理想化现代生存天然存在着上述矛盾，这反映在《孤独的沙漠》中是一系列相互矛盾的表现。首先，在艾比看来沙漠是孤独的，但又是渴望的和等待的——如果说孤独是沙漠独自自足的本性和独立价值，那么渴望的和等待的则是人为的自作多情的臆想——沙漠渴望和等待人的关注不正意味着沙漠并不独立而需要人赋予其价值。否则它何不因自足而自赏，而等待他赏。因此，这仍是人类中心主义的透视，只不过边界被扩大化了。再者，艾比注重人对沙漠的体验，认为人应该告别机械的生活，以脚丈量大地，去体味一种区别于现代机械文明的舒适自在的生活："更令人叹为观止的是，在这些渴望尝试那种艰辛、原始、真实感觉的不使用任何机械化设备的人们当中……这些人的共同特点就是，他们不愿意像装在罐头里的沙丁鱼那样生活，他们决定要在一年中至少花上几周的时间走出车外享受生活。"而我们不得不追问，去体味区别于现代机械文明的舒适自在生活的目的是什么？

依然是暂时"走出车外享受生活"，享受生活依然是目的，只不过区别于一般人，这些人更愿意到艰辛条件中去而已。这就意味，是否去沙漠中进行艰苦的体验的人群在对待生活的本质上并没有不同，仅有行为和方式的差别。然而，我们不禁要问：理想化现代生存的根本目的和最终任务究竟是要维护整个自然生态系统的价值呢，还是要推动人的自我实现呢？或者是优化人的自我实现呢？在艾比眼中，理想化现代生存无疑只是优化人的自我实现的途径——通过它，人可以更好地享受生活，获得自我满足。诚然，我们亦不主张人放弃生活而如沙漠老鼠一样寄居在沙漠之中。但是，优化人的自我实现显然不应该是理想化现代生存的最主要目的，若真如此，其逻辑无非等同于之所以要保护环境是因为我们要更好地生活，环境依然只是工具手段，人仍然是以自我为中心！这仍旧是在人类中心主义的圈子里绕来绕去。相反，作为艾比的最高生态理想——理想化现代生存理当对人与自然的关系有着更为深刻地认识，在面对荒野与沙漠的同时应该对人与自然的关系有着深刻地反省，自然不仅只有工具价值，更有着内在价值。"工具性价值的实现取决于他者的出现及其对一物之利用；内在价值则与对象自身之存在相始终；有物则有内在价值，不能以自身之内在价值取代他者之内在价值，亦不能仅以工具性价值视它物。"

自然不仅是人实现生活的工具和手段，更应该有其独立内在价值，而这只有将人与自然的关系置于生态整体主义的视角之下方可实现。生态整体主义在肯定自然的内在价值之时也不失辩证地看待人与自然的价值关系。罗尔斯顿的自然价值整体观表现出两大特点，“其一，人的价值也来源于大自然的整体价值。人是大自然的创造物，人的价值是自然价值重要的呈现部分；其二，自然物个体的内在‘目的性’服从于生态系统整体的‘目的性’，也即是，表面上有机个体的内在价值源于其自身的特有属性，实质上这种特有属性源自于大自然生态系统的一种‘角色’分工，它仍然是自然创造万物和维护生态体系整体‘目的性’的体现。换个角度说，个体遗传基因中的‘目的性’源于生态系统的‘预设’，同时又在对生态关系的自我适应中，确定了其自身在系统中的具体功能”。

这也就是说，从人的角度而言，自然价值必然包含着人的需要并通过人来体现；从自然的角度而言，自然应该符合其角色定位，其中包含着满足人类需要的要求以及相应的具体功能。而艾比在思考人与自然的整体关系上既显得过于保守又表现得过于偏激。一方面他将自然的价值对人的价值庸俗地下降到只为了让人更好地“享受生活”；另一方面他将自然的内在的“目的性”过激地扩展到“我宁可杀人也不愿去杀一条蛇”的地步。

这种偏激与保守的冲突，实际上是理想化现代生存的理想主义或乌托邦色彩与生态现实之间的内在矛盾，或者进一步地表现为改良性质的“人类中心主义”与生态整体主义在看待人与自然关系上的根本冲突。

要言之，艾比虽试图以理想化现代生存旗帜鲜明地反对人类中心主义，但却对人类中心主义的批判不彻底，他仅试图改善人与自然之间的关系，但实质上并没有放弃人类中心主义的立场；他仅试图以弱化的人类中心主义来看待人与自然的关系，而没有将自然与人的关系置于更高的生态整体主义的视域下；在人与自然的辩证关系上，他在某一方面表现得过分积极甚至冒进，但在另一面上却显得消极而保守。这是艾比理想化现代生存的局限性，也是我们需要反思的地方。

（二）生态性蓄意破坏

理想化现代生存是艾比试图缓解人与自然紧张关系局面的解药，而生态性蓄意破坏则是以暴力手段直接破坏生态环境的利器。

1. 生态性蓄意破坏的提出

“生态性蓄意破坏”的提出与美国《荒野法》的通过密切相关，《荒野法》的通过在法律层面上为荒野的保护提供了保障，在《荒野法》中对“荒野”做了明确界定：“与那些以人类活动占主导位置的区域相比，荒野里的生命体享有不为人所约束的自由，在那里人类只能是一个短暂的观光者而不是居住者……一片没有被联邦政府开发的土地，不允许居住和改造，必须保有其原始风貌和环境特征。”

不仅如此，联邦政府对荒野的用途也做了具体说明——“用来愉悦美国民众”，《荒野法》还对荒野的特定用途做了明确限定，它不仅不能被商用，而且在荒野区域更不得修建永久性道路。在艾比看来，《荒野法》给予了环保斗士保卫荒野的正当理由，甚至用最为极端的手段——“生态性蓄意破坏”——以对一切破坏生态环境的设施进行以反破坏为核心的破坏。在《有意破坏帮》中，艾比借小说人物之口吻，宣告了他的“生态性蓄意破坏”（ ecosabotage ）主张——“如果一个陌生人用斧头将你击倒，用致命的武器威胁，并试图抢走你家中所有你想要的。在法律与道德层面上，毫无疑问他正在犯罪。这时房屋的主人有权奋起反抗去保护他自身、他的家人以及他的财产——以任何方式都是必要的……而美国所剩无几的荒野，正在遭受诸如推土机、地球运动、电锯、炸药、伐木、开垦挖掘以及养牛业的破坏，这些行为侵占了所有美国人的公共财产和领地”。所以，在小说当中，以海都克为首的环保斗士聚在一起，想尽一切办法去催毁阻碍生态平衡和破坏自然美感的任何设施，在他们看来这是保护环境最有效，也是最直接的手段。从物权的角度而言，《荒野法》的通过赋予荒野享有了类似“私人财产不可侵犯”的神圣权利，不过这个权利的主体不为个人所有，而为全部美国民众所有。因此，在艾比看来，荒野遭受破坏，就如同个人的财产遭受威胁一样，我们必须采取反抗措施，而且“任何方式都是必要的”——而“生态性蓄意破坏”也自然包含在这种必要性之中，这不仅成为艾比该思想的来源，更成为小说中乃至于现实中环保组织阻止有意破坏的依据。

2. 生态性蓄意破坏对唯发展批判的呼应

唯发展主义实质就是“为发展而发展”（the growth for the sake of growth），它追求盲目的发展，将经济发展为人类一切活动的唯一目的，发展等同于一切。在经济发展过程中，忽略了经济增长与人、社会、自然等的关系的协调和处理。盲目发展所造就的恶果就是环境的急剧破坏，在艾比眼中盲目的发展理念如同“癌细胞”一样在社会中疯狂扩散，“这种‘发展观’将推动现代文明从糟糕走向更糟，导致‘过度发展的危机’，并最终使人类成为‘过度发展’的牺牲品。”

艾比对唯发展主义的批判不仅停留在思想上，更直接表现在他对高速发展起来的机械文明的不满。首先，艾比对汽车有着强烈的抵触情绪，“汽车，最初是作为方便交通的工具来使用的，但是现在，它已经变为了一个嗜血的暴君（每年夺取五万人的生命）。现在发动一场抵制汽车的旅游已经成为公园管理部门的责任。汽车产业已经几乎成功地绞杀了我们的城市，我们一定不能再让它同样摧毁我们的国家公园”。

同样，对游艇、摩托艇，艾比同样不满，“当摩托艇的数量达到了五十艘，那么就会导致危险、混乱和骚动，这就会使人们的乐趣消失殆尽。假如我们禁止摩托艇运行而只让独木舟和划艇航行，我们就会立即发现这个湖看上去变大了十倍或者一百倍”。不仅对机械文明的相关产物有着强烈的抵触情绪，就连在公园里修建一条公路这样普通平常的事情，艾比也将其视为“令人恐怖的全部事情”。

实际上，艾比对荒野的保护从来不止于“呼喊”与“批判”，而是用“行动”的方式落到实处。艾比将对盲目发展起来的机械文明的不满，具体化到了对“汽车”“摩托艇”和“柏油公路”等实物的不满，同时以“马车和自行车”替代“汽车”，以“独木舟”代替“摩托艇”，以“荒野小路”取代“柏油马路”。

我们不禁要问，马车或自行车与汽车有多大区别？或者更为关键的不是工具上的区别，而是工具背后所代表的文明的不同，我们无一例外地发现，艾比所提出的替代物相对替代物都存在传统与现代区别——相对而言，马车和自行车是传统的，而汽车则是机械文明的，独木舟与摩托艇，荒野小路与柏油马路亦是如此。再进一步说，艾比以传统之物取代机械文明的产物就是要在荒野之中抹去机械文明的痕迹，恢复荒野本来的面貌，因为“汽车产业已经几乎成功地绞杀了我们的城市，我们一定不能再让它同样摧毁我们的国家公园”，这就意味在艾比眼中，机械文明意味着对环境与荒野的破坏，而传统则意味着与自然的和谐。只不过，这种温和的“替代”方案在《有意破坏帮》中进一步发展成为暴力的“摧毁”——两者在本质上并没有太大区别，并且达成了同样的目的——清除了破坏荒野的因素，恢复了荒野的本原面貌，达到了人与自然环境的相和谐。

3. 对生态性蓄意破坏的反思

生态性蓄意破坏主张以直接破坏阻碍生态平衡的一切设施来实现保卫自然的目的，为此我们不禁要问，是否破坏了基础设施就实现了对生态的保护？生态性蓄意破坏是否是一种有效的保卫手段？

其一，生态性蓄意破坏的力度有多大？在《有意破坏帮》中，以海都克为首的四人组并没有太多惊人之举，最伟大的构想是企图炸掉美国西南部格伦峡谷大坝——并未实现，他们四人最常见的有意破坏是对广告牌、教室玻璃、垃圾桶等生活物品的破坏。针对他们所提出的主张和他们的实践来看，这种破坏充满着滑稽感。他们所破坏的物品甚至构不成对生态的破坏，我们不禁要问他们究竟是有意破坏还是为了破坏而破坏？联系前文，根据艾比针对唯发展批判所列出的“替代性”策略，我们不难发现，无论是生态性蓄意破坏还是“替代性策略”实际上都具有改良的意味，虽然艾比主张不破坏自然，恢复自然的魅力，但是对于究竟将人与自然的关系安置在何种方向上，他缺乏明晰的判定和标准。他只希望人与自然的关系好一点，但好到何种程度却缺乏认识，这正如同他的有意破坏思想一样——希望以反破坏引起人们的重视，但对破坏的力度和决心都不置可否，因此这种行动所能够引发的效果也必然是难有成效的。

其二，生态性蓄意破坏只针对工具破坏？马克思针对工人毁坏工具的浪潮曾尖锐地指出，“工人要分别机器与机器之资本主义的使用，从而不以物质生产资料自身而以物质资料之社会的剥削形态为攻击目标”，这就是说，工具自身剥削关系的表现形式，资本主义对物质资料占有的私有制才是剥削的根本原因，毁坏工具并不能真正起到扭转被剥削关系的作用。同样，对于生态性蓄意破坏而言，即使能够加强力度，如愿摧毁了他们理想中的格伦峡谷大坝，是否真的就意味着生态性蓄意破坏的理想就已经达成？更进一步，即使能够毁掉所有建在荒野之中的人类建筑，是否其理想就已经达成？显然，假使不改变人类中心主义的立场，生态性蓄意破坏所做的所有努力无疑是扬汤止沸，因为矫正人类霸占自然的欲望才是釜底抽薪的关键之所在。

其三，我们是否需要海都克？当《有意破坏帮》中四位生态卫士“有意”炸毁大坝的计划败露后，三人被捕入狱，海都克跃下悬崖，本以为生态性蓄意破坏就此而终结，不料随后艾比并未罢休，以《海都克还活着》继续宣告着生态性蓄意破坏仍在继续。而在《海都克还活着》中，“海都克再一次死里逃生，与老斯密斯夫妇重新竖起了‘画着红色猴子和铁锤的黑旗’；在序曲中被大机器活埋了的老龟又从泥土中毫发无伤地走出来，继续往它原本要前往的地方走去”。

这种寓言式结尾在留下无尽想象的同时，不得不让我们重新思考这样一个问题——海都克还能够进步吗？或者，我们不禁要问，人与自然的关系还可以修复吗？艾比以“海都克还活着”向我们宣告——不能！海都克奇迹般复活的前提是人与自然关系仍处于倾轧与被倾轧的状态中，只有在这个前提之下，海都克的复活才有必要且有着继续活下去的可能。若如此，我们将对人类失望。

事实上，海都克根本无须复活。海都克一旦复活便意味着人与自然关系的不可修复。海都克的存在历史是人类中心主义思想指导自然价值观，他的反抗可视作尝试突破或摆脱这种人与自然关系的不合理状态，但却缺少方向。因此，假使我们仍然需要一个海都克，那么也就意味着我们对人与自然的关系没有进一步的认识，即人与自然仍被置于孰优孰劣的漩涡中。因此，当我们超越人与自然孰优孰劣的争论，超越了人类中心主义，也便超越了海都克。

换言之，我们需要的不是一个海都克，而是一种超越，一种全新的生态观——“作为一种整体论，生态整体主义所对应的应是某种‘中心主义’或‘中心论’。整体论所强调的是多元价值的平衡与共存，它更为重视整体内部各要素之间的联系，并认为各要素之间的价值没有绝对的高低优劣，只是在特定的境域下，某些价值会凸显出来。进言之，整体论中所谓的‘整体’是一个由各个价值联系并承载着的价值网络，它认为其中每一个结点的崩溃或每一个关系链的断裂都可能对整体产生影响。因此，整体论强调不能随意用其中某一价值完全遮盖另一价值，更不应该存在一种凌驾于整体价值网络之上的‘价值’”。

只有将人与自然关系置于生态整体主义的背景之下，承认自然的独立价值，认可其平等地位，海都克式的悲情英雄主才会失去滋生的土壤。

参考文献

[1] 毕晟 . 生态视域下的英美文学研究 [M]. 成都：四川大学出版社，2018.

[2] 刘小勤，孙锐 . 19、20 世纪美国生态文学批评 [M]. 北京：中央编译出版社，2017.

[3] 夏光武 . 美国生态文学 [M]. 上海：学林出版社，2009.

[4] 王雪玲 . 美国生态散文汉译语料库研究：以缪尔和巴勒斯生态作品为例 [M]. 哈尔滨：哈尔滨工业大学出版社，2015.

[5] 梁彩群 . 美国当代文学的生态解读 [M]. 长春：吉林文史出版社，2017.

[6] 朱新福 . 美国经典作家的生态视域和自然思想 [M]. 上海: 上海外语教育出版社，2015.

[7] 王育烽 . 生态批评视阈下的美国现当代文学 [M]. 济南：山东大学出版社，2013.

[8] 朱新福 . 美国文学中的生态思想研究 [M]. 苏州：苏州大学出版社，2006.

[9] 李晓明 . 美国生态批评研究 [D]. 济南：山东大学，2006.

[10] 刘丹齐 . 美国生态文学简读 [M]. 哈尔滨：黑龙江人民出版社，2017.

[11] 闫建华 . 空间诗学观照下的当代美国生态诗歌研究 [M]. 北京：中国社会科学出版社，2017.

[12] 李美华 . 英国生态文学 [M]. 上海：学林出版社，2008.

[13] 温晶晶 .19 世纪英国女性文学生态伦理批评 [M]. 北京：国防工业出版社，2015.

[14] 马军红 . 工业时代的城市与乡村——三位英国作家的生态视角研究 [M]. 北京：华夏出版社，2013.

[15] 鲁春芳 . 神圣自然：英国浪漫主义诗歌的生态伦理思想 [M]. 杭州：浙江大学出版社，2009.

[16] 姜慧玲 . 城市化进程中的 20 世纪英国生态诗歌研究 [M]. 北京：中国戏剧出版社，2019.

[17] 李维屏，周敏 . 英美文学研究论丛(第 24 辑)[M]. 上海：上海外语教育出版社，2016.
[18] 李维屏 . 英美文学研究论丛(第 17 辑)[M]. 上海：上海外语教育出版社，2012.
[19] 伍艳红，周平 . 文学伦理学视野下的生态文学书写 [J]. 天津师范大学学报(社会科学版)，2018(5)：66–70.
[20] 王佩玉 . 国内外生态文学研究状况的数据分析与探究 [J]. 北京林业大学学报(社会科学版)，2018，17(3)：87–95.
[21] 段沙沙 . 劳伦斯・布伊尔的生态批评话语研究 [D]. 兰州：兰州大学，2017.
[22] 唐姬霞 . 英美文学之人与自然：屈服、征服、和谐——评《英美文学中的环境主题研究》[J]. 东岳论丛，2016，37(3)：封三 .
[23] 王扉 . 英美生态文学中的回归主题研究 [J]. 中国市场，2016(8)：110+112.
[24] 李鸿雁，马辉 . 解析英美生态文学中的“回归”主题 [J]. 学理论，2015(18)：74–75.
[25] 于宝英 . 当代西方生态文学批评发展趋势新探 [J]. 河北学刊，2014，34(4)：94–97.
[26] 钱小丽 . 现当代英美生态文学的嬗变与现实映射 [J]. 长春理工大学学报(社会科学版)，2014，27(6)：126–128.
[27] 王惠 . 自觉的生态文学与自发的生态文学——生态文学概念辨析 [J]. 鄱阳湖学刊，2012(4)：102–110.
[28] 聂小凤，傅琴芳 . 生态文学批评理论在英美文学教学中的意义与作用 [J]. 宜春学院学报，2011，33(7)：184–185.
[29] 刘永安，张凤华 . 中美生态文学思想起源探析 [J]. 文学教育(上)，2011(7)：102–104.
[30] 隋丽 . 现代生态审美意识的生成与文本建构 [D]. 沈阳：辽宁大学，2008.
[31] 秦剑 . 从“人的文学”到“生命的文学”——论生态文学的伦理价值诉求 [J]. 渤海大学学报(哲学社会科学版)，2007，29(5)：59–62.
[32] 王为群，刘青汉 . 论生态文学的价值系统 [J]. 文艺争鸣，2007(9)：137–140.
[33] 马若飞 . 论英美生态文学的浪漫传统 [J]. 石河子大学学报(哲学社会科学版)，2007，21(4)：64–66.
[34] 马若飞 . 英美生态文学的浪漫传统 [J]. 北京工业大学学报(社会科学版)，2007，7(3)：67–70.

[35] 张丽军 . 梭罗：生态文学的开创者 [J]. 长春大学学报（社会科学版），2007，17(3)：50–52.
[36] 吴景明 . 走向和谐：人与自然的双重变奏 [D]. 长春：东北师范大学，2007.
[37] 张莉 . 开启回归自然之窗 [D]. 南昌：江西师范大学，2006.
[38] 朱新福 . 美国生态文学研究 [D]. 苏州：苏州大学，2005.
[39] 胡志红 . 西方生态批评研究 [D]. 成都：四川大学，2005.
[40] 韦清琦 . 走向一种绿色经典：新时期文学的生态学研究 [D]. 北京：北京语言大学，2004.
[41] 涂慧琴 . 华兹华斯的人地观及其根源 [J]. 南华大学学报（社会科学版），2019，20(1)：21–26.
[42] 张红翠，庞芮 . 论华兹华斯诗歌的自然观 [J]. 大连大学学报，2019，40(1)：69–74.
[43] 王宏妍 . 论华兹华斯的生态思想 [J]. 湖南广播电视大学学报，2018(4)：24–28.
[44] 张学丽，冯清爱 . 华兹华斯诗歌的生态思想研究：以《致杜鹃》为例 [J]. 佳木斯职业学院学报，2018(12)：122.
[45] 王小凤 . 和谐颂—生态女性主义视域下华兹华斯自然诗歌中的和谐思想探究 [D]. 广州：华南理工大学，2018.
[46] 刘利妹 . 华兹华斯生态诗学研究 [D]. 武汉：武汉理工大学，2018.
[47] 宋威威 . 华兹华斯诗歌的生态主义解读 [D]. 北京：对外经济贸易大学，2017.
[48] 刘冬梅 . 生态美学视域下华兹华斯诗歌研究 [D]. 昆明：云南大学，2017.
[49] 马庆霞 . 华兹华斯诗歌中的生态意识研究 [J]. 英语广场 . 学术研究，2016(5)：8–10.
[50] 庞慧英 . 后现代语境下劳伦斯作品中的生态思想研究 [J]. 长春师范大学学报，2019，38(7)：130–134.
[51] 胡燕春 . 生态视域中的经典重释——以劳伦斯·布伊尔《为濒危的世界写作》为例 [J]. 名作欣赏，2019(12)：40–42.
[52] 植耀莹 . 劳伦斯诗歌中的生态思想 [D]. 广州：广州大学，2018.
[53] 潘丽萍，薄婷，侯松 . 从拟人论视角看 D.H. 劳伦斯诗歌中的生态文化思想 [J]. 重庆电子工程职业学院学报，2018，27(2)：76–79.
[54] 何蓉 . 回归自然：劳伦斯《白孔雀》的生态思想 [D]. 南昌：江西师范大学，2017.

[55] 段沙沙 . 劳伦斯·布伊尔的生态批评话语研究 [D]. 兰州：兰州大学，2017.
[56] 刘琼 . 劳伦斯《羽蛇》中的生态思想 [D]. 重庆：四川外国语大学，2017.
[57] 张秀芝 .D·H 劳伦斯作品中的生态意蕴 [J]. 西安文理学院学报(社会科学版)，2016，19(4)：23-28.
[58] 张俊 . 劳伦斯长篇小说中的生态伦理思想研究 [D]. 昆明：云南大学，2018.
[59] 徐剑莹 . 从生态伦理学视角解读劳伦斯的《恋爱中的女人》[J]. 赤峰学院学报(哲学社会科学版)，2016，37(4)：163-165.
[60] 张志强 . 论蕾切尔·卡森《寂静的春天》中的生态观 [J]. 文学教育(下)，2016(12)：50-51.
[61] 张一博 . 基于生态批评视角的雷切尔·卡森《海风下》解读 [J]. 海外英语，2016(15)：172-173.
[62] 张瑛，吴长青 . 生态学马克思主义哲学批判视野下《寂静的春天》生态整体主义观述评 [J]. 文教资料，2016(22)：13-14.
[63] 李颖超 . 罗尔斯顿倡导生态整体主义 [N]. 中国社会科学报，2019-08-27(2).
[64] 邓喜道，滕依蔓 . 论罗尔斯顿自然内在价值论的理论困境 [J]. 学术研究，2019(08)：29-35.
[65] 赵靓 . 构建以“生态整体主义”为中心的后现代生态伦理观——探究美国生态批评发展新趋势 [J]. 哈尔滨师范大学社会科学学报，2019，10(4)：143-146.
[66] 王继创 . 论自然的系统价值——兼评霍尔姆斯·罗尔斯顿自然价值理论的方法论意义 [J]. 山西师大学报(社会科学版)，2019，46(4)：52-56.
[67] 王鹏伟 . 罗尔斯顿自然内在价值论深层解析 [J]. 鄱阳湖学刊，2019(3)：83-92+127.
[68] 李青 . 浅析罗尔斯顿的自然价值论与其当代意义 [J]. 汉字文化，2019(8)：175-176.
[69] 邓凤玉，庄穆 . 罗尔斯顿自然价值论视域下古树保护的思考 [J]. 宜春学院学报，2018，40(7)：40-43.
[70] 林丽婷 . 西方绿色思潮对人与自然关系的哲学思考及其生态启示 [J]. 南京林业大学学报(人文社会科学版)，2018，18(1)：7-15.